戦（いくさ）百景

本能寺の変

矢野 隆

講談社

天正10年（1582年）ごろの勢力図

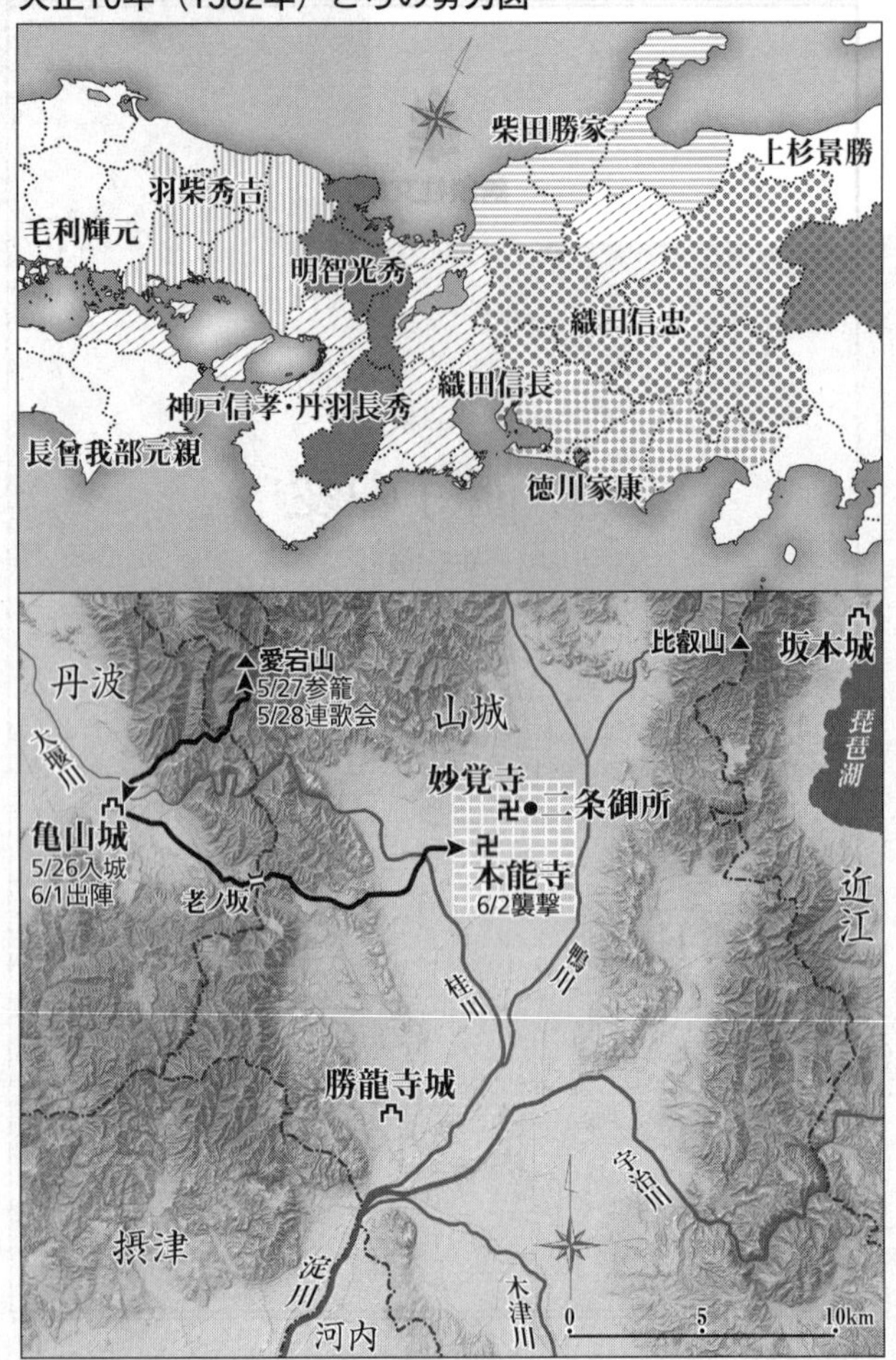

本能寺の変の明智軍進路図

（制作）ジェイ・マップ

戦百景
本能寺の変

序

「これで終わる。なにもかも……」

惟任日向守光秀は微笑とともにつぶやいた。

方々から聞こえて来る悲鳴と怒号が、燃え盛る炎に炙られ、光秀の耳朶に心地良い熱を与える。将であるというのにおとなしく本陣に留まっていることができず、山門をくぐって境内へと乗り入れてしまった。戦い続けている男たちを、恍惚の笑みを浮かべながら馬上から眺めている。

三十人を八千あまりの兵で取り囲んでいる。蟻が這い出る隙間もない万全の布陣だ。

顔がほころぶのを、光秀は止めることができない。

何故、己は笑っているのか。それがわからない。死んでゆく敵を星空を焼く炎に照らされながら見ていると、自然と口が緩むのだ。

嬉しいわけではない。

だからといって悲しいはずもない。

やるべきことをしているだけ。それ以上でも以下でもなかった。

目の前に欲しい物が転がっていたら誰でも拾う。光秀はただ転がっていた物に手を伸ばしただけだ。

「一人も逃すなよ」

兵たちに命じるでもなく囁く。主に抗するつもりなら、京を目指すと打ち明けた時に、去っているはずだ。光秀が言わずとも、家臣たちは皆、すでに腹を括っている。有難いことに誰一人、光秀と袂を分かとうとする者はいなかった。主殺しという大逆を遂行しようとする光秀のために、一丸となって戦ってくれている。

「ふふふ」

己の声に驚き、息を呑む。顔をほころばすだけでは飽き足らず、声まで出して笑ってしまっている。

それほど主が憎かったか。

己に問うてみる。

「いいや」

みずからに答えた。

今の光秀があるのは間違いなく主のおかげだ。主がいなければ己は今頃どうなっていただろうか。考えただけでも背筋に怖気が走る。越前の片隅で、巡って来ることもない機を待ち、五十を過ぎてなお、どこぞの陣を借りて足軽働きを行っていたかもしれぬと思うと、ぞっとする。

主あってこその惟任日向守光秀だ。

それを曲げることはない。

ならば何故、己はいまここにいるのだろうか。

主殺し。

謀反人。

大逆人。

あらゆる誹りの言葉が頭を過る。どれひとつとして、今の光秀に当てはまらぬ語はない。

「あ……」

思わず光秀は声を上げた。

眼前で炎とともに甍が崩れ落ちた。主が寝ていたであろう御堂が、音をたてて崩れたのである。

「信長(のぶなが)……」

主の名を呼ぶ。

思えば。

光秀は戦っていたのかもしれない。

はじめて会ったあの日から、主との戦ははじまっていたのであろう。そう考えなければ、今のこの仕儀に説明がつかない。

主と己は不倶戴天(ふぐたいてん)の間柄であった。そう思わなければ、主を攻めた理由が見つからない。

「ははは」

笑い声とともに頬(ほお)を涙が零(こぼ)れ落ちる。

終わったのだ。

長い長い。

戦(いくさ)が……。

壱　織田弾正忠信長

心のなかに無数に浮かぶ顔をどれだけ探ってみても、織田弾正忠信長は、眼前の男と似た者を見付けることができなかった。

「明智……」

先刻、涼やかな声で奏でられた名を脳裏によみがえらせながら、男を呼ぶ。

「十兵衛光秀と申したか」

「左様」

目を伏せたまま男は答えた。

上座に座す信長は、尾張、美濃二国を領す大名だ。濃尾平野の肥沃な大地と日ノ本の東西の起点ともいえる不破の関を領内に有し、大名としての力は畿内の三好や、近江の京極、越前の朝倉などにも引けを取らぬという自負がある。そんな信長を前にしても、光秀はまったく緊張した様子もない。

聞けば、先日まで浪人同然であったらしいではないか。足利将軍家に仕える細川藤孝の家人になってまだ日が浅いということを、光秀は隠しもせず信長にみずから語って聞かせた。

別段、恐縮している風でもない。

とりたてて気を引くような容貌でもなかった。整ってはおらず、だからといって醜くもない。十人並である。織田家の臣である柴田勝家の鬼瓦のごとき赤ら顔や、羽柴秀吉の禿げた鼠のような奇相のほうが、よほど心に残る。おそらくこの面談以降二度と会うことがなければ、十日も経たぬうちにその顔を忘れてしまうだろう。

岐阜城がそびえる稲葉山の麓にある屋敷の広間は、三方を開け放ち、信長の座る背後の一面だけが閉じられていた。金色の襖の後ろには刀を手にして息を呑む男たちが殺気を押し殺して控えている。光秀とその隣に座るもう一人の男は、もちろんそんなことは承知の上だ。不審な真似をしなければ、みずからに危害が及ばぬことが解っているから、特段気にもしていない。

不意に背後の男たちをけしかけてみたくなる衝動に信長は駆られる。

光秀の所為だ。

この能面のごとき面をした男は、刀を持った者たちに囲まれた時、いったいどういう顔をするのか。首元に刃を突き付けられ、命乞いをするのだろうか。

この男が動揺している姿が、思い浮かばない。

身中がうずく。

「弾正忠殿」

光秀の隣に座る男が頭を垂れたまま言った。その言葉に不意に興趣を削がれた信長は、苛立ちのまま視線を移す。男の名を脳裏に浮かべる。和田惟政。最前、そう名乗ったのを思い出す。

信長と相対する惟政の総身には、先代将軍の弟であり、その後継を自負する男の使いであるという誇りが満ち満ちている。

尾張の守護代家の家老の出である信長など、所詮は田舎の国人程度の者ではないか……。

そんな自尊の念が、床を見つめる瞳に滲んでいる。

足利将軍なにするものぞと、信長は胸中で毒づく。

日ノ本が将軍の威光で治まらぬようになって百年もの時が流れているのだ。いまさら先の将軍の弟の使者なんぞに、権威も糞もありはしない。現に今、濃尾の太守である信長の力を頼るために、惟政はひれ伏しているのではないのか。

「弾正忠殿」

沈黙に耐えきれなくなった惟政がふたたび言って、わずかに顎を上げた。無言のまま不遜な使者を見下ろし、先をうながす。惟政は細い目に戸惑いの色を浮かべながら問う。

「明智がなにか」

「ん」

問われている意味がわからず、信長は首を傾げた。

「い、いや。明智の名を問われたまま、御言葉がござりませぬ故」

「そうであったか」

「はい」

不遜な使者がうなずいた。

明智の名を問うたような気もするが、覚えていない。すでに信長の心は、惟政の高慢な態度に囚われている。

「弾正忠殿」

「黙れ」

「は」

己を呼んだ惟政を信長は見もせずに、苛立ちの言葉で制した。将軍家の威光を笠に着る男は、なにを言われたのかわからずに呆けた声を吐いて固まった。

目を伏せたままの明智十兵衛光秀を見つめ、信長は己の首筋に手をやる。脂汗がじっとりと絡みついて、不快極まりない。梅雨明けとともに日一日と暑くなってゆく六月の陽気に、まだ躰が付いてきていない。暑さに慣れてしまえば、流れる汗も心地良いものなのだが、まとわりつくように肌を湿らす脂っ気の多いこの時期の汗は汚らわしくて耐えられない。今すぐ衣を脱ぎ捨て、井戸端へと駆けてゆき頭から冷や水を被りたくて仕方がなかった。

「暑う……」

光秀の声が聞こえた。

不快な首筋に触れたまま、信長は烏帽子の下の光秀の白い額を見下ろし、続きを待つ。

光秀は細い鼻から息を吸い込み、ゆっくりと吐きながら、涼やかに顔を上げて信長と正対した。

「暑うございますするなぁ」

そう言って笑った光秀は、汗ひとつかいていなかった。暑苦しい直垂に身を包みながらも、襟元にすら汗が見当たらない。

　この男は人であるのかと疑いたくなるほど、光秀という男の総身からは生の匂いが感じられなかった。

　妙に気になる男である。

　初めて顔を合わせたというのに、そんな気がしない。昔からの馴染みであったような、それでいて明確に覚えているほど濃い馴染みではなかったような、そんな男と久方ぶりに会った心地である。

「これでまだ梅雨が明けたばかりであるというのですから、今年の夏は先が思いやられまするな」

「なにが言いたい」

　あまりにも紋切型の場繋ぎの会話に、信長は不満の色を声に滲ませ光秀に投げる。しかし足利家よりの使者は、信長の機嫌を介する風でもなく、平然と答えを口にした。

「そのままの意味にござりまする。あまりにも弾正忠殿が暑そうであられました故」

「御主はどうなのじゃ」

「暑うござりまする」

「そうは見えぬがな」

「あまり汗をかかぬのです某は。童のころからそうでありました」

突拍子もない会話に、惟政が驚いている。他愛もない言葉の応酬なのだが、上座の信長は不機嫌を露わにして言葉を投げ、受ける光秀は喜色満面で答えている。どういう心持ちで割って入れば良いのかわからずに、おろおろしている惟政の愚直さが、信長の心を逆撫でする。

「なんじゃ」

光秀から目を逸らし、惟政に悪意を放つ。

問われた惟政は、己に投げかけられた悪意であるとは気づかずに目を幾度かしばたたかせてから、不意に己が問われたのだとわかって、肩を大きく上下させた。

「なにか文句でもあるのか」

信長は駄目押しの一語で惟政の蒼白な顔を刺す。

「い、いや……。某はなにも」

「暑いのか」

「は」

「御主は暑いのかと問うておるのだが」

使者の務めを果たすのが、この男たちの役目である。先刻からの会話には、なんの意味もない。惟政が戸惑うのも無理はないとは思うが、もはや信長はそんなことなどどうでも良くなっている。いまは、目の前の馬鹿正直な使者を愚弄したくて仕方がなかった。

「暑いのか」

「は、はい。暑うございまする」

「わかっておるわ。顔がびっしょりと濡れておるからな」

鼻の下の細い髭の先に滴が溜まるのではないかと思うほど、蒼白な惟政の顔は脂汗に覆われていた。信長の汗など比べものにならぬほどの量である。暑さだけの汗とは思えない。この場にいる緊張が、惟政の全身から汗を噴き出させているのであろう。

「ふふ」

そう思うと可笑しくなった。

今の今まで不機嫌を露わにしていた信長が、いきなり笑ったことで、もはや惟政は目の前の男を完全に見失ってしまったようである。使者の務めすら忘れてしまったのか、口をあんぐりと開けたまま、上座を見つめ固まってしまった。

呆けた惟政への興味を失った信長は、その隣で微笑を湛えたまま動かない男に目をむける。

「明智」

名を呼ばれた光秀は、かすかに目を伏せた。顔を傾けたまま、信長の言葉を静かに待っている。

「濃との縁を頼りに、使者の役を買って出たそうではないか」

美濃の斎藤道三の娘が、信長の正妻である。美濃の姫である故、濃と呼んでいた。名はあるのだが、濃で事足りるから信長は夫婦になってから一度も名を呼んだことがない。

「左様にございます」

光秀は静々と答えた。

「我が明智家は、美濃国守護、土岐頼芸の甥、土岐頼充の臣でありました」

「頼充は濃の元の夫であったな」

「はい」

濃は頼充が死してのち、父、道三の元に戻り、信長に再嫁した。光秀は妻の前夫に仕えていたということらしい。

「濃との面識は」

「幾度か」

「その程度で、儂への使者に手を上げたか」

「某のような者は摑めば切れてしまうような藁であろうと、なりふり構わずつかまねば、今日一日の糧すら得ることができませぬ故」

言って光秀が顔を上げた。信長の視線を、光秀が正面から受け止めた。

見開いた眼の奥の奥まで闇が詰まっている。光秀の瞳はいっさいの光を吸いこんでしまう漆黒の洞窟のようであった。

「頼充殿が身罷られて後、斎藤道三殿に仕えておりましたが、道三殿もみずからの子に……」

その時のことは信長も覚えている。息子に城を囲まれた道三は、娘婿である信長に後詰を依頼してきた。信長は義父を助けんと兵を挙げ美濃に走ったのだが、時既に遅く、道三は子の義龍に討たれてしまっていた。義父は信長に美濃を譲ろうとしていたのだが、子の義龍がそれを許すはずもなく、結局力ずくで美濃を手に入れるまで十年もの歳月を要してしまった。

「義父殿が義龍に殺された時、何故儂を頼らなんだ」

前夫の臣であるという縁だけで使者を買って出る厚かましさがあるのなら、道三が死んだ時に、織田家への仕官を模索すれば良かったではないかと問うたのだ。

「先刻も申しました通り、臣であったと申しても御方様と目通りできるような身ではございませぬ故、仕官を望もうにも伝手がございませなんだ」

「では、義父殿が死んでからはどこにおった」

「越前にございます。美濃国守護、頼芸殿との戦に敗れた頼充殿が一時、越前の朝倉を頼っておられたことがございまして、その縁を頼りに、越前へと向かいました」

「それで越前に逃れた義昭殿の一行と繋がったということか」

「左様」

三好家に支配されている都に入って将軍職を継がんとしている先の将軍の弟、足利義昭は、ともに上洛して三好を打ち払ってくれる大名を求めていた。越前の大名、朝倉義景を頼るため、義昭は家臣とともに越前に入ったのである。

「儂を頼らんとしておった細川殿に、濃との縁を頼りに売り込んだということか」

「はい」

笑みを絶やさず、光秀は静かにうなずいた。

「濃との縁は薄いと申したばかりではないか。そんな薄き縁で、細川殿に売り込んだというのか」

「は」

にこやかに光秀はうなずく。その声に後ろめたさは微塵（みじん）も感じられない。

「虚言を弄したということか」

「某が土岐頼芸様に仕えておったのは真にござりまする。奥方との面識があるのも真のこと。某は決して虚言を弄してはおりませぬ。何故なら」

光秀の笑みが揺らぐことはない。

「今こうして、某は信長殿にお会いしておりまする」

「たしかに」

思わず信長は笑ってしまった。どれだけ言葉を交わそうと、光秀はまったく語調を揺るがせはしない。喜怒哀楽、いずれの情も言説ににじみ出ることはなかった。

「其方を遣わしたのは、細川殿か」

「左様にござりまする。某は義昭様に目通りが叶う身ではありませぬ故」

「なるほど」

細川藤孝という男……。

侮（あなど）れぬ。

笑みのままの光秀を見据えたまま、信長は胸中につぶやいた。

「上洛を果たしたい。それが義昭殿の望みであったな」

「はい」

光秀がうなずくと、隣で惟政もつられて顎を上下させた。もはや二人の毒気に翻弄（ほんろう）されて、糸の切れた人形のごとき滑稽（こっけい）さである。惟政の方に目をやると意味もなく笑ってしまうから、信長は光秀だけに目を注ぐ。

「朝倉は頼りにならぬか」

「そう義昭様や我が主は考えておられまする」

「其方は、まがりなりにも十年もの間、越前に居を定めておったのであろう。朝倉家との好（よしみ）もあろう」

「越前称念寺（しょうねんじ）の門前に暮らし、近郷の土豪、黒坂備中守（くろさかびっちゅうのかみ）殿の庇護を受けており申した」

「臣であったか」

「戦の際に陣借りをいたすほどの間柄にて、確たる知行を得ておった訳ではございませぬ」

「牢人者（ろうにんもの）であったということか」

「左様」

「だから朝倉とはなんの因果もない。そう言いたいのか」

光秀は緩やかに首を振った。

「黒坂殿には恩義がござりまする。某のような者を武士として扱うて下さりました。故に朝倉家になんの因果もないとは申しませぬ。ただ」

「ただ、なんじゃ」

「今は某は足利義昭の臣、細川兵部大輔（ひょうぶたゆう）の家人にござりまする。主の命を遂行することこそが、某の務めにござりますれば」

「古き恩義は忘れたと申すか」

「朝倉が主の求めに応じ、義昭様とともに上洛を果たさんとするならば、某がこうして美濃に来ることもござりませなんだ。某がここにおるのは、朝倉が義昭様の大望を軽んじておる故にござる。恩や義理は関係ござりませぬ」

「主のために御主はここにおるか」

「左様」

「詭弁（きべん）を弄すな」

信長は光秀に殺気を込めた言葉を放つ。刃となって飛んだ声を、微笑を湛えた使者は平然と受け止めた。

「御主は濃との縁を餌に細川殿に近付いたのであろうが。主のためならば朝倉との恩義など関係ないなどとほざいておるが、はなから御主は朝倉や旧主のことなど念頭にはなかったのではないのか。儂を頼らんとしておる義昭殿や細川殿に尻尾を振るために、朝倉を捨てた。そうではないか」

「朝倉家とはそれほどの縁はなかったと申したではありませぬか」

光秀の言はいっこうに揺らがない。

「細川家と縁を結びたい。出来得るならば、仕官できぬものかと思い、奥方様との縁を使うたのは事実にござりまする。そうでもせねば某のような身の上の者は這い上がることなどできませぬ」

守護代家の家老の家とはいえ、信長はれっきとした武士の家に生まれた。この世に生まれ落ちたその日から、織田弾正忠家の嫡男であった。

己が武士であることを疑ったことは一度もない。

ただこの世には、光秀のような者がいる。家臣のなかにも、羽柴秀吉のように百姓でありながら武士として身を立てんとする者も大勢いるし、信長はそういう者と生まれながらの武士を分け隔てすることはない。才の前には人は平等である。武士のなかにも才無き者がいるし、百姓のなかにも目を見張るほどの才を有する者がいるものだ。

這い上がるためにわずかな縁でも利用すると言ってはばからない光秀は正しい。戦国の世を、男が侍として生きるためには、どんな些細な縁であろうと利用しなくてはならぬ。たとえそれが屁理屈であろうと、形にすれば勝ちなのだ。現に光秀は、濃との淡い縁を利用して、こうして信長の前に座している。その時点で、些少ではあるが勝ちを得ていると言えた。

「恩義よりも利を取るか光秀」

口許に悪辣な笑みを貼り付かせたまま信長は問う。

「良う考えて答えろよ。御主の答え如何によって、儂は義昭殿に加勢するかどうか決めようではないか」

「だ、弾正忠殿。そ、そのような戯言を申されては……」

「黙れ」

差し出がましい口を挟んできた惟政を睨みつける。

「戯言など申したつもりはない。儂は本気じゃぞ光秀」

あくまで相手は光秀である。それ以外にはいっさい興味がない。

何故、己はこれほどまでにこの男に執着するのか。信長は自分でも戸惑っている。

なにを考えているのかわからぬ男など、掃いて捨てるほどいる。程度の差ではないか。この男ほどではないが、底意の読めぬ者ならどれだけでも名を挙げることができる。三河の徳川家康などは、その最たる例だ。家臣のなかを見てみても、秀吉などは家康と同じ部類に入るだろう。態度や口では信長におもねっているが、底のところで、確たる己を持っている。心底から信長に膝を屈していない。

それで良い。

いや、そうでなければ武士の世を渡ってなどいけぬと信長は思っている。大なり小なり、武士として名を成した者は、心の奥に厳とした己を持っているものだ。そして秘めた己が、言葉や態度の奥にあるからこそ、本心が見えなくなる。

光秀もそうなのか……。

信長は密かに首を横に振る。気取られまいとしてはみたが、下座の微笑がかすかに傾いた。信長がなにに拒絶の意を表したのかまでは読み取れぬながらも、光秀はこちらの動きに勘付いた。しかし言葉は発しない。信長も声をかけない。無言のまま交錯する視線だけが、虚空でちりちりと火花を発している。

この男は果たして本心などという物を心に宿しているのだろうか。

家康や秀吉のように、確たる己を胸に抱き、それを悟られまいとして虚ろを装っているのだろうか。

虚ろ。

違う。

心中のつぶやきに、信長はみずから否定の意を示す。

光秀は決して虚ろな訳ではない。顔に張り付く微笑には智の閃(ひらめ)きがあるし、言葉に迷いもない。確たる意思がなければ、これほど平然と信長の前に座っていられるわけがない。

「どうした」

不穏を宿した声を光秀に放つ。

微笑の使者は小動(こゆるぎ)もせず、言葉を受け止める。

「打てど響かぬ鐘(かね)に付き合っておるほど、儂は暇ではない。御主が答えぬというのであれば、この話は無かったことにしようではないか」

「利」

笑みのまま光秀は答えた。

「そうか。御主は恩義よりも利を取るか」

目を伏せ、信長の問いにうなずきで答えた光秀は、笑みのまま固まった唇を動かすことはない。藍色の直垂を涼やかに着こなし、汗ひとつかかぬ使者は、上座の信長を見据えたまま笑っている。

答えたのだから、今度は其方の番だ。

無言の笑みがそう告げているように思え、信長は怒りを覚える。

「舐めるなよ」

「だ、弾正忠殿」

「御主は黙っておれっ！」

うろたえ、腰を浮かせる惟政を怒鳴りつけ、信長は立ち上がった。

一段高くなった上座を降り、大股で光秀との間合いを削ってゆく。懐から取り出した扇子を折り畳んだまま、乾いた首に押しあてた。

「欲得で動くような者の言をどうして信ぜよと申す。御主は足利とは縁もゆかりもない男だ。ただ濃との縁によってここにおるだけではないか。そのような男を使いに寄越すような者にも、信など置けぬわ。細川藤孝。武士であるなどとほざいておるが、所詮、都で公家と交わり気骨を失った腰抜けであろう。御主と同様、朝倉が使えぬと思うた故、儂に泣き付いてきおったが、儂に利が無いと思えば、すぐに鞍を変えるような男であろう」

「聞き捨てなりませぬ」

扇子を首に当てられたまま、光秀が顔だけを上げて信長を見た。笑っている。目を弓形に歪め、口許を緩めたまま顔だけを信長にむけて、己に注がれる殺気に満ちた視線を受け止めていた。

「義昭様の兄上であらせられる先の将軍、義輝公が三好の手勢によって打ち滅ぼされた際、我が主は都を抜け出し、興福寺に押し込められておられた義昭様を御救いになられました。ここにおられる和田殿もその時、我が主とともに奮闘なされた。そうでありますな」

信長を見上げたまま問う光秀に応えるように、惟政が何度も首を縦に振っていた。横目でそれを確かめながらも、信長は扇子を握る手に力を込める。

「僧籍にあられ、覚慶と名乗られておられた義昭様を還俗させ、次なる将軍と成すために、我が主は近江の六角、越前の朝倉など、力のある大名を頼り、諸国を巡られ、みずから交渉に当たられ申した。それは弾正忠殿も御存知のはず。何故なら弾正忠殿は、我が主に会うておられる」

光秀が言う通り、義昭を助けて上洛してくれと藤孝に頼まれたのは、これが初めてではなかった。まだ斎藤龍興が美濃の主であった頃、細川藤孝は尾張に姿を現したのである。将軍家のために上洛して、力を貸してほしい。そのためならば、斎藤家との間に立とうではないか。
織田家が龍興に人質を差し出すことで、両家の和睦は果たされる。そこまで藤孝は話を進め、和睦が成った暁（あかつき）には兵とともに上洛すると信長に約束させて京に戻った。

しかし、信長はこの約束を果たさず、美濃に兵を進めた。結果、上洛の約定（やくじょう）は果たせず、足利、細川との縁は絶えたと思っていた。

しかし、美濃を平定した信長に、藤孝は再度接触してきたのである。

光秀という使者を寄越して。

「主は決して、腰抜けではございませぬ」

「欲得を選ぶと抜かした御主が、主への忠を示すか」

扇子が白い首にめり込む。光秀は涼やかな顔を崩しもせずに、じっと耐える。

「訂正せよと申すか」

「間違いを糺（ただ）す気はありませぬ」

「間違いと申したか」

首にめり込む扇子が、みしみしと鳴いている。烏帽子の下にある額には、それでも汗ひとつ浮かんでいない。それが腹立たしくて、いっそう手に力が籠る。

「某はただ思うたことを述べたまで。他意はございませぬ」

「腰抜けと申したことに腹を立てた故の、抗弁であろう」

「腹を立ててはおりませぬ」

「詭弁」

言いながら扇子を浮かせ、白い首を強かに打った。

「弾正忠殿っ！　それはあまりにっ……」

「御主はそこで見ておれ」

声を抑え、殺気を全身にみなぎらせながら、再び腰を浮かせた惟政を圧倒する。

「儂は光秀と語っておるのだ。御主が下手に動くと、なにもかも御破算になるぞ。それでも良いなら、聞こうではないか。ん」

「い、いや」

顔を脂でてからせながら、惟政は顔を伏せた。

ふたたび光秀をにらみ、首に扇子を押し付ける。

「どうした光秀。腹を立てておらぬというのであれば、何故御主は聞き捨てならぬなどと抗弁したのだ。主を腰抜け呼ばわりした儂を許せなかったのであろう。先の言葉は誤りであったと言わせたいのであろう。腹を立てておらぬなどと、詭弁を弄せず素直にそう申せばよかろう」

笑みは絶えない。光秀の瞳に揺らぎはない。ぽっかりと空いた闇が、信長を見つめているだけ。

肉に食い込んだ扇子は、これ以上埋まることはできぬと悲鳴を上げている。押された皮が朱色に染まっていた。血が滲んできそうなほどの責めでありながら、光秀は微笑を浮かべたまま使者の役目を全うしようとしている。

「これ以上、儂の怒りを買えば御主は使者としての務めを果たせぬであろう。そうなれば、御主にとっても主にとっても利が無き仕儀となる」

「致し方ありますまい」

「ほう」

一度、扇を首から放し、ゆるやかに宙にひるがえしてから、白い額を打った。顔のど真ん中に扇を受けても、光秀は瞬きひとつしなかった。扇を額に当てたまま、信長は問う。

「儂に義昭を庇護させる気はないのか」

「是非とも弾正忠様の御力をもって、義昭様の上洛を果たしていただき、征夷大将軍の叙任の宣旨を帝より戴ければと願うておりまする」

「それが御主の望みであり、御主の利なのであろう」

額に扇を受けたままではうなずくことができない。光秀は薄く唇を開いて、左様という語を囁いた。

何故、これほどまでに光秀を責めるのか。

心の中で信長は自問を続けている。だが、わからない。ただ、この男を見ていると、己のなかの加虐の念がふつふつと滾るのだ。

この男が恐れる姿を見てみたい。泣き喚く顔が見てみたい。

欲情にも似た想いが心を支配し、止められない。

光秀の隣に座る惟政は常軌を逸した信長の所業に、我を忘れてしまっている。視線を交錯させたまま動かない二人を、虚ろな目でぼんやりと眺めたまま脱力していた。

「このままでは御主は利を得られぬぞ。それも致し方なしと申したな」

「はい」

「信のおけぬ奴よな。御主は儂の顔色を見て、みずからの言を左右させてもなんとも思わぬようだな」

「決してそのようなつもりは」

「利を欲すると申しておきながら、主の誹謗を耳にした途端、聞く耳持たぬと申して抗い、利を得られぬことも致し方なしと申し悪びれもせぬ。真に利を求めるのであれば、儂を苛立たせるような真似はせず、笑みを絶やさぬその顔と同じように追従の言葉を吐き連ねておれば良いものを」

「某は笑うてはおりませぬ」

弓形の目が静かに開いた。

怒り……。

闇が渦巻く光秀の瞳の奥に、かすかな怒りの炎が灯った。

「笑っておるではないか」

「笑うてなどおりませぬ。某はこの場を戦であると思うております。笑うような余裕など微塵もござらぬ」

なにを言っているのか。

口の端をわずかに上げ、目を弓形にさせていながら、笑ってないと抜かす。その上、それが本気であることは、瞳の奥にはじめて怒りの光が閃いたことからも明らかであろう。

光秀は怒った。

己が笑っていると言われて初めて。

訳がわからない。

が、やっと光秀の心根が見えたような気がした。

「ふふっ」

信長は思わず笑っていた。扇を額から放し、広げてみずからの顔に風を送る。その様を見た光秀の細い眉が吊り上がり、眉間(みけん)に小さな皺(しわ)が走った。瞳の怒りの光が少しだけ大きくなったようである。

「なにが可笑しゅうござりまするか。某は本気で……」

「笑っておると言われるのが、そんなに腹立たしいか」

事を荒立てようとした光秀の言葉をさえぎり、信長は笑いで震える声で問うた。その響きが、光秀の心をより一層掻(か)き立てたようで、小鼻がぷくりと膨(ふく)らんだ。

「そ、某は笑ってなどおりませぬ。そのような礼を失した真似を……。某は決して……」

「笑っておったぞ。少なくとも儂にはそう見えたわ」

「某は決して……。決して……」

口を尖(とが)らせ光秀が横を向く。その様が、叱られてなお納得していない童のように見え、信長は思わず問うていた。

「其方、年は幾つじゃ」

「四十一に」

目を逸らしたまま光秀が答える。

「儂よりも六つも上か」

光秀は答えない。

己よりも六つも上でありながら、童のように口を尖らせそっぽを向く光秀が、奇妙な生き物に思える。先刻までは木偶人形のようにいっさいの情動から切り離されていたはずが、笑っているという一語をきっかけにして、童のように拗ねはじめた。

別に平素が笑っているような顔であることなど、珍しくもなんともない。秀吉などは笑みが面の皮にこびりついてしまっているし、柴田勝家はその逆に怒りのまま顔が固まってしまっている。

勘違いさせていたのなら、申し訳ない。

そう詫びてしまえば終わりではないか。何故、これほど怒りを露わにする必要があるのか。

「光秀」

「は」

口を尖らせ目を背けたまま、答える。信長は面前に立ったまま、問いを連ねた。

「御主、己が立場を弁えておるのか」

「無論」

「御主は細川の使者であるのだぞ」

「はい」

「ならばなんじゃ、その態度は」

「笑うておるような不遜な顔は見せられませぬ故」

扇を懐に仕舞い、しゃがみ込んで、信長は光秀の顎をつかんだ。そして無理矢理、己の方へとむける。

「笑うておると言われるのがそんなに嫌か」

「何故、弾正忠殿は、某のことをこれほど問い詰められるのか。某は細川藤孝の使者にござる。主の書と義昭様の御内書を届け、その返答をいただければ、某の役目は終わりまする。某のような者の私情など、この場には不要にござる。何故、これほど問い詰められねばならぬのか。某には毛ほども納得が行き申さぬ」

「問いに問いで返すとは、無礼な奴だな」

顎をつかんだままの信長を、細川の使者がにらんでいた。

だが、光秀の言い分は理に適っている。光秀はあくまで主の書と、共に上洛して欲しいという義昭の御内書を届けただけなのだ。返答を貰って、越前に帰れば光秀は役目を果たしたことになる。信長が否応いずれの返答をしようと、光秀に非はないのだ。

責められる道理はない。

顎をつかんだまま、ゆっくりと手を左右に振った。口を尖らせた光秀の顔が、その動きにつられて横に振れる。されるがままの細川の使者をにんまりと眺めながら、信長は喜悦の声を投げた。

「儂は、面白い玩具を見付けると、いじり倒さねば気が済まぬ性分でな」

「無礼な」

光秀の声に怒りが滲んでいる。

たしかに無礼千万である。まがりなりにも光秀は将軍家の重臣、細川藤孝の使者なのだ。いわば藤孝の名代である。そんな光秀を、たとえ濃尾の太守であろうと、無下に扱うのは不遜極まりない行為だ。

「無礼で結構。どうじゃ光秀。儂が嫌いか」

年嵩の細川の使者は答えない。首を左右に振られながら、口を真一文字に結んで信長をにらんでいる。

「儂はの光秀。利も忠も義も無き行いが大好きでのぉ」

頭を左右に振り続けながら、信長は嬉々として続ける。

「欲得、忠義、善行、悪行。如何様な言葉を弄して、己の行いを理の枠に当てはめようとしても、結局人は心の赴くままに生きることを望む。どれだけ理に従い生きようとしても、死を前にすればみずからの底意を曝け出すものよ。じゃからのぉ光秀。儂は人の心を覗くことがなによりも好きなのよ。だから、御主が今、怒っておることが何より面白くて仕方無いのよ」

「なんという……」

「浅ましいか」

答えない。

「浅ましくて結構。理で飾り立て、綺麗事のなかで生きておる者より、儂は人として生きておる」

顎をつまんでいた手を広げ、光秀の口を覆うようにして左右の頰を力任せにつかんだ。力を込めたまま信長は、大きく身を乗り出して己の鼻先を光秀の尖った鼻に近付ける。

「気丈なふりをしてみずからを飾り立てておっても、所詮は御主も人なのじゃ光秀っ！　御主は日頃から笑っておる。それがどうした。腹立たしいか。馬鹿にされておると思うのか。軽んじられることが嫌いか。え、光秀。このような無礼な扱いは耐えられぬか。越前で喰うや喰わずの暮らしをしておったくせに、牢人であったくせに、細川の家人になった途端、御主自身も変わってしまったのか。え、光秀。答えろ。怒っておるのか。儂を殺したくて堪まらぬか」

口を塞いでいるから答えられるわけがない。

もはや誰も、信長を止めることはできなかった。このまま光秀を殺してしまったとしても、誰一人動くことはないだろう。

脳天から指先まで、びりびりと喜悦の雷（かみなり）が駆け巡っている。怒りを露わにする光秀を加虐していることに、みずから酔っている。責める言葉を吐く度に、光秀が嫌悪する行いをする度に、背筋から心地良い震えが全身に伝わってゆく。

はじめて会った男である。

己の臣でもない男である。

なのにどうしてここまで心が騒ぐのだろうか。

光秀が女であったらと思う。どのような身の上であったとしても、押し倒し無理矢理己の物にしていたかも知れない。それほど、信長の芯が騒いでいる。

「ん」

不意に光秀の全身から力が抜けた。それまで瞳に爛々と宿っていた怒りの炎が、急速に輝きを失い、ふたたび闇に包まれた。

信長は思わず手を放した。

「御気が済まれましたか」

穏やかに言った光秀の目は、ふたたび弓形に歪んでいた。口許もかすかに上がって笑みをかたどっている。

虚ろが戻っていた。

「某は細川家の家人であり、今は主の使者にござりまする。弾正忠様に対し、如何様な想いもござりませぬ。もし、某の立ち居振る舞いに御不興を抱かれたと仰せであれば、この通り」

光秀が深々と頭を下げた。

腹を括ったのか。それとも諦めたのか。光秀の顔にふたたび張り付いた微笑からは、一切の情が消え果てている。

「平に御容赦いただきたい」

「そ、某からもどうか。どうかっ！」

先刻まで忘我の境地にあった惟政が、信長と光秀の間に膝を滑らせ割り込むと、額を床に打ち付けた。

「この者は細川家に仕えてまだ日が浅うございまする。この者が申す通り、それまで浪々の身であった故、弾正忠様のような御方と接する機会もなく、不調法なままここまで年を重ねて参った猪武者にござりまする。どうか、どうか何卒(なにとぞ)、御容赦いただきたい」

ことさらに卑下してみせて、光秀をかばっている。同朋に対する義と、義昭に対する忠。惟政の行いには、人の理が満ち満ちていた。

気に喰わない……。

しかし、この場でこれ以上己を誇示してみても、詮無きことではある。齢(よわい)三十五。尾張のうつけと呼ばれていた頃とは違うのだ。今や信長は岐阜、尾張二国の領主である。

光秀という男を玩具にして遊べたことで良しとせねばなるまい。

無言のまま使者に背を向け、上座へと歩む。段を踏み越え、己が座に腰を据え、平伏したままの二人を見下す。

「明智光秀っ！」

同朋にかけられた声に肩を震わせ、惟政が頭を垂れたまま、先刻まで座していた場所まで戻った。遮る者がいなくなった光秀は、名を呼ばれても顔を上げない。

信長は悪びれもせず、上から言葉を投げつける。

「数々の非礼、許してくれ」

「なにを申されましょうや。非礼を働いたは某の……」

「遜（へりくだ）るな」

顔を伏せたまま静々と吐かれた光秀の言葉を、覇気を込めた声で遮ってから、信長は穏やかに告げる。

「顔を上げよ」

光秀は動かない。

「顔を上げて儂を見よ光秀」

そこまで言って、やっと光秀は顔を上げた。その口許には、やはり笑みが張り付いている。どれだけ否定してみせても、光秀の平時の顔は微笑と間違われても仕方のないものであった。しかしもはや、それを蒸し返すような気はない。

「細川殿の使者である其方に対し、無礼極まりない数々の行い。許してくれ」

言って頭を下げた。

「御止めくだされ。主より叱（しか）られてしまいまする」

「どうか面（おもて）を御上げくだされ」

惟政が追従（ついじゅう）する。

己は光秀に頭を下げたのだ。惟政などに下げたつもりはない。すぐに顔を上げ、安堵（あんど）の笑みを浮かべるもう一人を視界に収めぬように、光秀を注視する。

「某が恩より利を選ぶとしても、我が主や義昭様とはなんの関係もありませぬ。御二人はひとえに弾正忠様の御力を欲しておりまする。たしかにそは欲得であるやもしれませぬ。しかし、諸将は己が領地を広げることに躍起になり、将軍家のことなど眼中になく、頼りに思う者すらない義昭様には、弾正忠様のような御方に御縋りするしか道はないのです。それを欲得であると斬り捨てられては、義昭様も我が主も立つ瀬がありませぬ」

違う。

信長はそのような道理にけちをつける気はない。所詮人は欲得に生きる者。そんなことは光秀に諭（さと）されなくても解っているのだ。

光秀なのである。

情と理を己が言葉にして訥々と語っているというのに、その顔には一片の想いすら宿っていない。先刻、笑っていると指摘されて怒りを露わにした時のような情動は、すでに身中深く封じられてしまっている。どれだけこの男が情を語ったところで、綺麗に飾られた正論にしか聞こえないのだ。

情を語る名手を信長は知っている。

秀吉だ。

あの男はどんな暴論であろうと、激しい情動の赴くまま他者に訴えかけ、相手の心を大きく揺さぶって正論であると勘違いさせる。秀吉は一滴も涙を流していないのに、相手がぼろぼろ泣いて暴論に同意しているという奇妙な光景を、信長も幾度か目にしている。秀吉の熱を帯びた講釈を聞いていると、腹立たしいのだが信長自身、心地良くうなずいてしまうのだ。

この男は秀吉の真逆である。

どんなに情に満ちた湿っぽい事柄であろうと、精密な理に聞こえてしまう。心の宿らない微笑のまま語る言葉には、魂が宿らない。だから情念を言葉にしても空々しく思えてしまうのだ。

「そのあたりのところを十分に汲み取っていただき、何卒、何卒……」

どうやら信長が思惟に埋没していた間も、光秀は義昭と主の苦衷を訴え続けていたらしい。

無駄なことを……。

「止めよ」

「しかし」

信長が全てを拒絶したと思ったのか、光秀が膝を滑らせ上座に寄った。そんな切羽詰まった様子であっても、その顔には余裕の笑みが張り付いていた。そのちぐはぐな様が、信長の口許を自然とほころばせる。

「安心いたせ。御主の話はしっかりと聞いておる」

身を乗り出したまま、光秀は上座を見据える。信長の返答を待っているのだ。それがこの男の役目である。果たさなければ越前には戻れない。

「細川殿は、御主という男の使い方を間違えておるようだの」

「は」

なにを言われているのかわからぬといった様子で、光秀が短い声で続きをうながす。

「御主にはもっと別の使い方がある。儂はそう思うのだがな」

どう返して良いのかわからぬ光秀は、鼻から息を吸い、無言を貫く。

信長は懐からふたたび扇子を取り出した。折り畳んだままの扇子で、左の掌(てのひら)を小さく打つ。乾いた音が広間に響く。

「義昭殿の苦衷。身につまされる想いである。儂で良ければいくらでも御使いくだされ。御主の主にもその辺(あた)りのことを記した書を認(したた)めようではないか」

「では」

問うた光秀にうなずきを返し、信長はもう一度、扇で掌を打った。

「上洛じゃ。儂と義昭殿の行く手を阻(はば)む者は、何人(なんぴと)たりと許さん。儂が義昭殿を将軍にしてみせようぞ」

己が務めを十全に果たし終えた光秀の顔に、喜色はいっさい見えなかった。薄ら笑いのまま、細川の使者は深々と頭を下げた。

明智光秀という名を、信長は心中に克明に刻んだ。

それが後に己を殺す男の名だとは知らずに。

弐　明智十兵衛光秀

「何故じゃっ。何故、御主はそんな顔をしておられるのじゃっ！」

悲痛なまでに甲高い声を浴びせかけられながら、光秀はただただ頭を下げるしかなかった。

京、本圀寺の境内である。

正月四日の都には、雪がちらついていた。近江の辺りは大雪であるらしい。身を切る寒さのなか、光秀は甲冑に身を包み、他の足軽衆とともに、騎乗する将軍の前に控えている。そんな最中、己を標的にした先刻の怒号が降ってきたのであった。

「光秀！　敵はもうそこまで迫っておるのだぞっ！」

「承知しております」

「その笑みを止めよっ！」

笑ってなどいない。

しかし、将軍、足利義昭は、脇に控える光秀に叱責の言葉を浴びせ掛ける。

信長は約定通り、義昭のために兵を挙げた。

美濃を発った信長は、近江で妹の夫である浅井長政と合流。八万という大軍を擁し、京へと上る。その途上、信長の上洛に異を唱えた近江源氏の名流、六角氏と敵対。蓑作城を織田勢が落とすと、観音寺城を居城にしていた六角氏の当主、義賢は逃亡した。その臣たちも織田家に恭順の意を示し、信長は近江を抜けて山城へと入った。

義昭の兄、義輝を殺し、将軍を傀儡として都の実権を握っていた三好三人衆と呼ばれる三好長逸、三好政康、岩成友通らは、大軍の到来を知って都から逃亡。信長は岐阜を発してからわずか十九日あまりで、入京を果たしたのである。

信長を追って義昭も京に入った。

その後、信長は兵とともに京を離れ、山城、摂津、河内に蟠踞する三好家の諸将を次々と撃破。入京から二十二日後、義昭は朝廷から征夷大将軍の綸旨を受けた。

足利義昭は信長の力を借りて、晴れて将軍の位を得たのである。このことを最上の奉公であると認めた義昭は、三つほどしか年の変わらぬ信長を、己が父であると言ってその功を大いに賞した。

将軍となった義昭は、本圀寺を仮御所として都での当面の宿所にしたのである。

「敵の数は如何程じゃ」

光秀への怒りを紛らわすように、義昭が膝下に控える足軽衆に問う。

「一万程であると、物見より報せて参っております る」

「い、一万……」

馬上の義昭が言葉を失った。

本圀寺に集う兵は二千あまり。五倍もの兵力が、雪のなかを義昭目指して迫って来ている。

義昭に侍る足軽衆のなかに、光秀はいた。

いまなお主は細川藤孝であることには変わりない。しかし、信長の覚え目出度い光秀を側に置いておきたいという義昭の希望により、細川家の家人でありながら、将軍家の足軽衆の末席に名を連ねている。

光秀が使者の役目を果たした後、義昭は美濃で信長と対面を果たした。どうやらその席で、光秀の名前が出たらしい。あくまで光秀は藤孝の使者として、岐阜へ下ったのである。義昭にとっては傍流の家臣でしかない。上洛の意を示した信長からの書も、義昭本人にではなく、藤孝に寄せられたものだ。光秀の名は、義昭に届くはずもない。

信長が義昭の耳に入れたとしか考えられなかった。

「如何なさりましょう」

足軽衆の筆頭格である細川典厩藤賢（てんきゅうふじかた）が問う。この男も細川姓ではあるが、光秀の主である藤孝とは流れが違う。代々、足利家の近臣を務めてきた細川典厩家の惣領（そうりょう）である。

「て、敵は一万じゃぞ」

馬上の義昭は、声を震わせ答えた。栗毛の駿馬（しゅんめ）は、主の動揺を察して、先刻から忙しなく首を左右に振っている。四本の足も、前に数歩行ったかと思えば、元いたところまで後退り（あとずさり）、戻った途端に真後ろへ首をむけるようにして振り返るといった調子で落ち着きがない。馬が落ち着かないから、周囲に侍る足軽衆も、遠巻きにして片膝立ちになっている。

「三好め……。卑劣な真似を」

掌中の鞭（むち）を握りしめ、義昭が虚空（こくう）をにらみながら憎々しげにつぶやいた。武士の頂（いただき）にいるとは思えぬほど福々しく膨らんだ頬が、馬の足並みにつられて揺れている。ぽってりとした唇（くちびる）の上にある情けない口髭が、覇気よりも雅（みやび）を漂わせ、このような物々しい時にはなんとも不似合で、浮いている。

義昭の将軍宣下と三好家の近畿からの一掃を果たした信長は、都の治安を家臣である佐久間(さくま)信盛(のぶもり)、村井(むらい)貞勝(さだかつ)、丹羽(にわ)長秀(ながひで)、木下(きのした)秀吉らと五千の兵に任せ、みずからは大軍とともに岐阜へと戻った。

この隙を三好三人衆が見逃さなかった。岐阜を追われた道三の孫、斎藤龍興と結託し、本圀寺を急襲したのである。

「騒ぎを聞きつけた織田家の臣も、じきに兵を引き連れて参りましょう」

「それを合わせても五千じゃぞ」

馬上に言葉を投げた典厩を、義昭の甲高い声が制する。たしかに将軍の言う通りであると、光秀は心にうなずく。

本圀寺に詰める二千あまりの兵は、信長からの借り物である。つまりは都に残した五千の兵のうちから工面されたものだ。佐久間信盛たちが残りの兵を掻き集めても、けっきょく信長が残した五千を上回ることはない。

「敵は倍の兵力じゃ。敵う訳があるまい」

情けない肉が付いた頬を震わせながら、義昭が泣き言を口走る。

無理もないと光秀は思う。

この将軍は生まれてこのかた戦というものを経験したことがないのだ。幼い頃に出家させられ、兄が謀殺されて還俗するまでは僧であった。還俗してからも大名家を転々とし、みずからの名で兵を募ったことがない。上洛に際して戦ったのは信長であり、義昭は敵が失せた後に都に入って武士の頂に登りつめたのである。

考えようによっては、これが初陣なのだ。

すでに齢、三十二。

まがりなりにも武士の惣領である身としては、あまりにも遅すぎる初陣である。雄々しく采配を採れなどというのは、酷過ぎる求めであろう。

出来る訳がない。

「信長は。信長には報せをやったのか」

「走らせておりまするが、近江から美濃へと抜ける辺りは豪雪にて道を塞がれておるとのことであれば、幾日かかるか」

日ノ本を東西に分かつ不破の関がある近江と美濃の国境あたりは、雪深い土地柄である。正月四日という冬の盛りにあっては、旅人の往来すら厳しい。

「どうするのじゃ。もう敵は迫って来ておるのじゃぞ」

義昭の烏帽子の下の眉が哀れなほどにへの字に曲がっている。その線のように細い毛の群れの下にあるつぶらな眼には、疑いようもないほどに涙が溜まっていた。

「逃げるか。ここは一旦、都を離れ近江へと逃れ、信長の到来を待って再び入京いたせば良い」

　そのための騎乗であったかと勘繰りたくなるほど、義昭の支度は機敏であった。敵の到来を知ると、古めかしい大鎧を近習によって着せられたかと思うと、馬の支度をさせてすぐに境内へと降り、典厩たちの助けを借りて鞍の上に収まった。

　日頃、武張ったところなど皆無である義昭ではあるが、やはり足利家の血は争えぬもの。みずから兵の先頭に立って、敵にむかうかと光秀は刹那の期待を抱いたが、境内で足軽衆に囲まれて弱音を吐いているところを目の当たりにした今となっては、己だけでも逃げおおすための支度であったのだと思ってしまうし、恐らく義昭自身はかたくなに否定するだろうが、それが実際のところであろう。

　足利将軍家が武家の棟梁としての実権を失って久しい。先の将軍たちの中にも、都を追われ他国に逃亡し、ほとぼりが冷めるまで都に戻らなかったという事例は、枚挙に暇がない。義昭の兄であり、みずからも塚原卜伝に師事した剣豪である義輝も、三好家との闘争に敗れて一時近江の堅田に逃れている。

　大名に攻め込まれて他国に逃げるということは、将軍にとってなんらやましい所業ではないのだ。

「ここは、致し方ありませぬな」

典厩が主の言に同意するように言って、ちいさくうなずいた。

「逃げるとなれば、早いに越したことはないぞ典厩」

鞍の上から身を乗り出して、義昭が顔を明るくする。

「御待ちくだされ」

光秀は声を張った。

義昭と馬を挟んで相対するような形にいた典厩が、不審の色を目に宿らせながら、光秀へと視線を送る。それを無視しながら、馬上に顔をむけ、言葉を重ねた。

「御逃げなされるのは、得策とは申せませぬ」

「なにを言い出すのじゃ光秀」

逃げる以外に手は考えられぬと心から思っているのか、義昭は怪訝な顔で光秀を見下ろす。

信長との折衝で功があったとはいえ、光秀は義昭にとってしょせんは陪臣である。みずからの足軽衆にくわえてはいるが、心情的にはまだ細川の家人としてみているであろう。長年の臣である典厩からの提案に快く同調しようとしているところに水をさされ、あきらかな不審の色が将軍の目に宿っている。

それでなくとも光秀は思う。

どうやら己は他人との関わりが苦手であるらしい。四十一年もの歳月をかけてわかったことだ。

光秀自身は人と付き合うことを特段厭(いと)うている訳ではない。むしろ、一人で書を繙(ひもと)いたり、物思いにふけることが多いので、人と会って話をするのは良い気分転換になるので好きなくらいだ。

だが、光秀が願うようには余人の心情が動かない。求めている言葉が返ってこない。

こちらは冷静に物事を語っているのだが、何故だか怒らせてしまう。笑わせようなどと微塵も思っていないところで、笑われてしまう。何故、そうなるのか、光秀自身にはわからないのだが、とにかく、こちらが求めるようには人は感じても動いてもくれないのである。

何故笑っているのか。

良くそう問われる。

光秀は笑っていない。笑ってもいないのに、笑っていると言われることが、どれほど屈辱であるかなど、余人はわかってくれない。笑ってもいないのに、もちろん光秀自身も笑ってはいけない状況であることなど十二分に承知している状況で、笑っていると責められる。

不本意極まりない。

光秀は道理を好む。だからこそ、道理に反することをみずからがしでかしたとするならば、これほど耐えられないことはない。みずからの過失を責められるのであれば、どれだけでも頭を下げる。理に適った責めなら喜んで受ける。しかし、笑ってもいないのに笑ったとなじられるのは納得がゆかない。

先刻も、義昭は笑っていない光秀を笑っていると責めた。

致し方ない。

どれだけ顔を引き締めてみても、どうやら余人には光秀が笑っているように見えるのだ。

笑っていないと言って誤解を解こうとしても、いいや笑っていたと返される。そうすると光秀は笑っていないと返さざるをえない。笑った、笑っていない、いいや笑った。水掛け論である。そうなると立場が上である者の主張が通らざるを得ない。結果、光秀は笑ったことをなじられて、頭を下げるしかなくなるのだ。

「本当に理不尽極まりない。なんじゃ、押し黙っておってはわからぬぞ」

怒気をはらんだ義昭の声が、光秀の言葉をうながす。

どう思われようと構わないと腹をくくる。道理を示すのは家臣である者の務めなのだ。それを理ではなく私情で返すというのなら、将軍がそれだけの男だったというだけのことだ。

気を取り直して、光秀は馬上の将軍を見上げながら淡々と口を開いた。

「上様が入京を果たされたのは、信長殿の力あってのこと。寡兵(かへい)であるとはいえ、織田家の方々はいまだ京におりまする。方々に報せもせず、我先にと将軍が都を離れたとなれば、織田家への面目が立ちませぬ。逃げるとしても、三好方と一戦交えてからでなければ、信長殿も納得せぬものかと」

「信長の顔色などうかがっておる場合ではなかろうっ！　襲われておるのは信長ではなく儂なのだぞっ！」

この言葉が義昭の本心なのである。

目の前に信長がいる時は我が父などと持てはやしておきながら、己が臣の前では所詮、信長など田舎侍であるという態度を崩さない。応仁(おうにん)の頃、いやもっと前から、足利家というものは、こうして諸国の御家人たちの顔色をうかがいながら将軍を務めてきたのである。

虚なのだ。

都で将軍などと祭り上げられてはいるが、諸国で所領という実を有する御家人たちの前では、権威以外の力を持たぬ虚飾の主でしかない。御輿の上に担がれるために、実力を持つ者にどこまでもへりくだる。そんな卑屈さが、足利の血統には脈々と受け継がれているのだ。

なにを申すかと光秀は心に叫ぶ。

信長の顔色以外にうかがう物などどこにあろうか。義昭という御輿を担いでいるのは信長なのである。信長が機嫌良く担いでいるから、義昭は将軍という地位に甘んじていられるのではないか。三好たちが攻めてきたのは信長が都を去った後ではないか。つまり、三好たちにとって義昭など恐れるに足りぬ存在なのだ。

光秀は将軍を見上げながら言葉を連ねた。

「上様は武家の棟梁にござりまする」

「それがどうしたっ！」

それよりも儂は命が惜しい……。

後に続く言葉が、恐れを満面に張り付かせた義昭の怯えた目の色に滲んでいる。武家の棟梁であろうと問うた光秀に、それがどうしたと返すとは、将軍として如何なものか。驚くべきことには、ここに集っている光秀以外の足軽衆が、いまの発言に驚くことも嫌悪の情を露わにすることもなく、ただただ納得するようにうなずいている。

主従ともども腐っている。

人としてどうというよりも、武士として朽ち果てているのだ。

光秀は武士である。

それを疑ったことはない。義龍に追われ、美濃を去って越前で喰うや喰わずの暮らしをしていた十年の間も、己が武士である矜持を揺るがせたことは一度もない。武士であることよりも生きることに躍起になるならば、とうの昔に朝倉に仕えていた。下級の足軽として、わずかな禄を食み、出世など諦めて、こびへつらって生きていたであろう。いや、武士であることすら捨てていたかもしれない。仕官の叶わぬ武士など、生きる価値すらない。気位ばかり高く、実が無い。刀や槍を振り回して人を殺すことしかできぬ者が主を持たねば、この世にとって害悪以外の何物でもないではないか。

良き主に巡り合えぬだけ。

光秀はそれだけを念じ、十年を耐えた。朝倉だけではなく、時に近江にも足を伸ばし、様々な戦で陣借りをして、武功を求めた。下級の家人では出世など見込めない。仕官するならば、それなりの立場でと決めての苦悩の日々であった。

それもこれも武士であろうとしたからだ。

目の前の男たちとは違う。

みずからの血筋や、長い物に巻かれることに慣れ切っている者たちには、光秀の苦悩などわからぬだろう。

何故なら。

いまだに光秀は満足していない。

信長の正妻との昔の縁を頼りに細川家の家人となった。家人とはいえ、細川藤孝自身が所領を有していないのだから、それ以上の立場で仕官すること自体が叶わなかった。しかし、朝倉の陪臣の数多（あまた）いる家臣の末端として仕官するのと、信長へと渡りを付けようと画策する藤孝に、その正妻との縁をちらつかせながら家人として仕官するのでは雲泥（うんでい）の差がある。

明智光秀という男を主となる者がどれだけ自覚するのかが重要なのである。その点、藤孝と義昭は、光秀のことを一人の武士としてすでに自覚していた。それだけではない。義昭が頼みの綱としている信長にも、光秀は覚えられている。嫌悪を露わにしてなじられはしたが、覚えられている以上、好悪の別など大した問題ではない。その証拠に、光秀は信長の覚えも目出度いということもあり、こうして藤孝の元を離れて義昭の足軽衆の末席にいる。

越前にいた時には考えられない栄達ではないか。このまま目立つことなく将軍の元で働いていれば、それなりの立場でい続けることも可能であろう。

それがなんだというのか。

現状に甘んじているのなら、武士などとっくの昔に辞めている。この世には武士よりも安穏とした暮らしを送れる生き方が五万とあるのだ。

こうして二千あまりの味方で一万もの敵を迎えるようなこともない。死線を越えることが出来ぬ者が、何故武士などと名乗っているのか。光秀には理解できない。しかも、いま目の前で死線から目を背けようとしているのは、曲がりなりにも武士の頂に立つ者ではないか。

目を伏せる。

腹の底から嫌悪がせり上がってくるのを、光秀は止めることなく言葉とともに吐き出した。

「そうやって、いつまでも御逃げなされる御積りでしょうや」

「なに」

いまなお右へ左へと暴れ続ける馬の上で、義昭が声を震わせた。

光秀は止まらない。

「信長殿が都を離れ敵が襲ってくる度に、逃げる御積りかと問うておりまする。そして近江あたりで織田の軍勢を待ち、信長殿が敵を追い払ってからなにも無かったように都に入られる。何度も何度も……」

「な、なにが言いたい」

「それを信長殿が御許しになられましょうや」

「あ、明智」

典厩の険しい声が止める。

伏せていた目を、馬のむこうの将軍の重臣にむけた。

恐らく己は笑っているように見えるのだろう。

剣呑（けんのん）な言葉を吐きながらも笑っている光秀を見て、典厩が息を呑んだ。声を失う重臣を尻目に、ふたたび馬上に声を投げる。

「上様が戦えと申されれば、我等はたとえ一人になろうとも戦いまする」

断言した。

ほかの足軽衆の考えなど知ったことではない。主が死ねと言えば死ぬ。それが武士であろう。できぬ者は去れば良い。信長に敗れたとはいえ、都の周囲には義昭と織田家を快く思わぬ者たちが復権の機を虎視眈々と狙っているのだ。腹の括れぬ者に、将軍の側に侍る資格はない。

「今度の将軍はこれまでとは違う。そう敵どもに思わせねば、幾度も命を狙われましょう。信長殿がいつも駆けつけてくれる訳ではござりませぬ。戦のために遠方におられる隙に乗じ、敵が攻めて参ったらどうなされる御積りか。今度も近江の大雪を見越しての出兵であることは間違いござりませぬ。都を逃れられても織田の援軍が来ぬうちに、近江まで追われ、御命を奪われるということも考えられまする。首だけになってしまえば、もはや上様に信長殿は御言葉をかけられることはござりますまい」

信長は上洛を果たし、義昭を将軍に据えた。それ自体が、織田家の力を天下に示す行いであったのである。義昭が死んだとしても、その弔い合戦であるという大義名分で、三好勢を打ち払うことができる。実力があるというのはそういうことだ。

もはや義昭を必要とはしないのである。信長が必要なのは義昭の方なのだ。そのあたりのところが、この男にはわかっていない。

「無礼者めがっ！」

義昭が怒鳴った。

「わ、儂が死ぬなどと、ようも申したな。そちは足軽衆であろう。儂は将軍であるぞ。出過ぎたことを申すでない」

「しかし、ここで戦わねば、真に上様は……」

「えぇいっ！　にやついた顔で偉そうな御託をべらべらとっ！」

心の裡の声がすべて言葉となって義昭のおちょぼ口から零れ出した。結局は足軽風情が偉そうに上申したこと自体が不服なのである。しかも、光秀が笑っていると誤解して、なお怒っているのだ。

道理も否応もない。ただただ光秀の態度が気に入らないのだ。

「それ以上なにか申すと、如何に御主が信長の覚えが目出度いといえど、ただではおかぬぞっ！」

覚えが目出度いといっても、好まれている訳ではない。という抗弁が頭に過ったが、我を忘れて腹を立てている義昭の怒りの炎に油を注ぐことにしかならないので、目を伏せて黙していた。

「上様っ」

「なんじゃ典厩っ！」

ばたばたと上下する蹄を眺めていた光秀の頭上で、義昭が叫んだ。どうやら典厩が割って入ったらしい。

「明智の申すことにも一理あると存じまする」

「お、御主までそのようなことを申すかっ！　逃げよと申したのは御主ではないかっ！」

主の怒りが伝わるのか、馬の脚の動きが先刻よりも忙しない。このまま馬が激してゆけば、義昭の丸い躰が振り落とされはしまいかと心配になる。心配にはなるのだが、立ち上がってかばうつもりなど毛頭ない。この男にはみずからの命を投げ打ってまで仕えるほどの価値はない。恐らく光秀が義昭を守って馬に蹴られて絶命したとしても、腹立たしい道具がひとつ壊れた程度にしか思わぬはずだ。

人として想ってもらいたい訳ではない。武士の主従である。家臣は主の道具なのだ。使えなくなって捨てられるのは家臣の不徳の致すところである。

ただ単に、この男の道具として果てるつもりが光秀に無いということなのだ。馬から転がり落ちて死ぬのなら、死んでしまえば良い。己は藤孝の元に戻るだけだ。細川藤孝という男は、義昭の家臣のなかでは見どころがある。義昭が死んだら死んだで、新たな道を必ず見つけだす。恐らくあの男は、信長に接近するだろう。織田家での己の道具としての有り様を模索する。その最中に、足利家の再興ができれば幸い。できずとも織田家の臣として己の生きる道があるのなら、それで良いと思うはずだ。

　その程度の見どころがあるからこそ、光秀は藤孝の家人となったのである。義昭には無理だが、藤孝のためならば死んでも良いくらいのことはどこかで思ってはいる。

「伝令にござりまするっ！」

　胴丸のみを着けた粗末な男が、叫びながら足軽衆の間を掻き分け転がるようにして将軍の前にひざまずいた。寺の外から駆けて来たのであろう。露わになった手足も顔も泥と煤で真っ黒である。

「なんじゃ」

　男の汚い姿を嫌悪するように、義昭が袖口で鼻から下を覆った。眉根に皺を寄せながら馬上から見下ろす視線には、さげすみの情が満ちている。

　そんな主の愚劣な態度に気付きもせず、伝令と叫んだ男が砂利を見つめながら震える声で言上する。

「敵は都の方々に火を放ち、寺へと迫っておりまする。もはや敵に囲われたも同然にございます」

男の言葉に頰を震わせ、露骨に狼狽する将軍から目を逸らし、光秀は空を見上げた。たしかに四方で黒煙が上がっている。男たちの喊声も近づいてきているようだ。

「もはや、逃げることもできますまい」

冷淡に言ってのけると、将軍の顔が己にむくのに気付いた。光秀は気付きながらも顔を伏せずに、空に目をむけたまま言葉を繋いだ。

「二千の兵で籠れば、いかな一万とはいえ、そう易々とは落とせますまい。後詰は織田のみではございませぬ。我が主と摂津の国衆も加勢に訪れましょう」

我が主とはもちろん藤孝のことである。己の主は義昭ではなくあくまで藤孝であると暗に示したのだが、そんなことに気付くような余裕は将軍にはなかった。

「勝てるか」

四方に迫る喊声は寺のすぐそばまで迫ってきている。義昭も、すでに退路が断たれていることくらいは悟ったらしい。うろたえながらも、光秀に問う。

「耐えるのです。耐え切ることができれば、我等にも勝ち目がございます」

「典厩」

新参の陪臣などの言葉だけでは不安なのであろう。いつの間にか光秀の隣に控えていた典厩へと、義昭が今にも泣きそうな目をむける。

「もはや弓を取るしかござりますまい」

「わ、儂は」

「上様にはまず馬を降りていただきましょう」

にこやかに言った典厩に、義昭はうなずきを返すことしかできない。

これが武家の棟梁か……。

男たちの手を借りながら丸い躰を鞍から滑らせる将軍を伏し目がちに眺めながら、光秀は心中で嫌悪の言葉を吐いた。


苛烈。

本圀寺の瓦塀の上に腰を据えながら、光秀は笑っている。

そう見える訳ではない。みずからの意思で笑っていた。

眼下に群がる殺意の渦を総身に受けていると、自然と顔がほころぶのだ。

本圀寺は一万の軍勢に囲まれていた。三好三人衆と斎藤龍興の軍勢である。信長の留守を狙い、義昭を亡き者にしようと、都に火を放ちながら本圀寺に殺到した者たちだ。

敵は焦っている。

いつ後詰が現れてもおかしくない。寺に詰めている織田の手勢は二千。信長が都に残したのは五千。残りの三千が佐久間信盛らとともに都には留まっているのだ。それだけではない。光秀の主である細川藤孝や摂津の国衆。三好の一族でありながら織田家に与した三好義継らも、当然軍勢とともに駈けつけるはずだ。近江の大雪で美濃の信長が後詰を差し向けられずとも、一万と互角に戦えるだけの軍勢が近隣にはあるのである。

それは敵も重々承知だ。だからこそ、後詰が到来する前に、将軍の首を得ようと躍起になっているのだ。

四方八方から矢が飛んでくる。瓦の上の光秀たちを狙っているだけではない。寺の中に火矢が放たれ、背後では境内を守る男たちが、懸命に火を消し続けている。瓦に登っている光秀たちは、それぞれ弓を手に眼下の敵へと矢を放つ。路地にひしめく男たちに放つのだから、射れば当たる。面白いほど敵が倒れてゆく。倒れてできた隙間を新手が埋めるから、的には困らない。

「大丈夫かっ！　そろそろ退かぬと、死ぬぞっ！」

隣で矢を放つ誰ともわからぬ織田の兵が、光秀に叫ぶ。

「無駄口を叩いている暇があるのなら、一本でも多く矢を放て」

言いながらも光秀は弓弦を弾く。鏃が、敵の鼻先を捉え、そのまま貫いた。朽木のごとくばたんと後ろに倒れた敵につられて、周囲の男たちがよろける。そこに二矢三矢と矢を浴びせてゆく。

「ふふふ、面白いように死んでゆくわ」

遊ぶ童のごとき跳ねた声が、口角が吊り上がる唇から零れ出す。我ながら無邪気に過ぎると思いながらも、矢を放つ手を止められない。

本堂の奥で将軍を守っているなど耐えられなかった。敵にかこまれ顔を真っ青にしたまま床几に座る豚を仏頂面で眺めている群れのなかにいて、いったいどんな功が得られるというのか。

敵前に躍り出て、我が身を持って上様を御守りいたしとうござりまする……。

恭しく言い放った光秀に、義昭は鼻をすすりながら、良う言うたと語りかけ、ひざまずいて肩に触れた。

死ぬなよ光秀。其方が死んだら信長殿に合わせる顔がない……。

馬上から散々嫌悪の言葉を浴びせかけたことなど忘れたように、愚かな将軍は感極まって何度も光秀の肩を揺らした。

一刻も早く御主の元を去りたいのだとは言わず、将軍の感傷の言葉を受け流し終わると、すぐさま光秀は織田の軍勢の元へと走ったのである。

これで将軍の覚えも目出度くなった。

それだけでも収穫である。

頼るべき家もなく、所領も持たぬ光秀のような男にとって、誰よりも目立つことこそが、栄達への近道であった。人と同じことをしていても、なにもはじまらない。しょせんは家格が良い者、見栄えのする者に敵わないのだ。武功といっても、体格に恵まれず、武芸に秀でている訳でもない光秀には、目を見張るような功に恵まれることなど稀（まれ）である。現に十年もの長き間、陣借りをして方々の戦に加わったが、これといってめぼしい成果があった訳でもない。

己には目立った才がない。ならば遮二無二目立つしかない。

苦衷の日々のなかでたどり着いた答えである。

「えぇいっ！　矢が尽きたわっ！」

叫びながら弓を投げ捨て、腰の太刀を抜いた。

「ちょ、ちょ、ちょっ、御主はいったいなにを……」

隣で見ていた織田の兵がうろたえている。

太刀を掲げ、黒煙に覆われた空を切っ先で突いた。

「ちまちまと矢を放ち合うておっても埒が明くまいっ！　儂は打って出るっ！　武功が欲しい奴は付いて来いっ！」

叫びながら瓦を蹴った。

殺気の坩堝へと身を投じる。

死ぬ。

それがどうした。

不遇の日々に埋もれているより幾倍も増しだ。

越前の時宗の寺、称念寺。その門前町に光秀は暮らした。妻と娘を養うために、称念寺を領内に有する黒坂景久の庇護を得た。正式な仕官というより、居候のごとき処遇で、黒坂の情けを受けながら糊口をしのいでいた。

己はこんなところで終わる男ではない。それだけを心に念じながら生きていた。だから、黒坂のような男の臣にはならなかったのだ。それを許してなにかと家族の面倒を見てくれた黒坂には感謝してはいるが、主と仰ぐ気にはなれなかった。

お前は何様なのだと、我ながら思う。黒坂に仕官すれば、正式な禄を与えられる。かたくなに仕官をしない夫に、妻はひと言も恨みごとを言わなかったが、米が尽きた時などは、光秀を見る目に不審の閃きが無かったとはいえない。
妻や子に苦労をかけても、こんなところで満足する訳にはいかなかった。
埋もれたままの日々。一寸先の光明すら見えないまま、ただただ日が昇り沈んでゆく。

あの時の光秀は死んでいたのだ。

いや。

死んでいるよりもなお性質が悪い。腐ったまま息をし、飯を喰い、糞を垂れて眠る。屍(しかばね)のまま生き続ける日々が、いつ果てるとも知らず続く。

こんなところで己は終わらない。

それだけを頑(かたく)なに念じる屍は、間違いなくあの時、孤独の只中にいた。称念寺の門前町の片隅のあばら家。その部屋の端。いつもの光秀の居場所。

あれは墓穴だったのだ。冷たい床に寝転がったまま、ただただ時をやり過ごす。

あんな日々にはもう戻りたくもない。戻るくらいなら死んだ方がましだ。

「だったら殺してみぃぃっ！」

目の前の敵にむかって光秀は叫ぶ。なにを言われたのか解らぬ敵は、怨嗟(えんさ)の眼差しを光秀にむけながら舌打ちとともに穂先を繰り出してきた。

「ひっ！」

悲鳴じみた声を吐きつつ、光秀は躰(からだ)を派手にひるがえしながら銀色の閃光を避けた。幸い敵に近付くように動いたせいで、柄を突き出したままの敵の顔が目の前にある。

脇目もふらずに太刀を横にして振った。首と顎の境目のあたりに刃が激突する。乱暴に振ったおかげで、太刀が男の顎を砕きながら首へとめり込んだ。そのまま一気に振り被ると、倒れた男に喰いついたままの刃に吸い込まれるようにして、光秀は前のめりになった。

無防備な背中に敵の刃が殺到する。

殺すなら殺せ。

墓穴に戻るくらいなら死んだほうがましだ。

心に嘯(うそぶ)く。

が……。

どこかで己は死なないと思っている。

「たわけがぁっ！」

乱暴な声とともに、光秀に迫りくる刃の群れが取り払われた。

先刻まで隣で矢を放っていた男が槍を片手に叫んでいた。
「お前、死ぬ気かぁっ！」
「槍などどこに」
「なに呑気なこと抜かしてんだお前ぇはっ！」
男が掌中の槍で敵を打つ。その周囲でも、男の仲間らしい鎧武者たちが戦ってい
る。
「お前が飛び出しちまったから、境内に声かけて槍の支度して、みんなで飛び降りた
んだろがっ！」
「あぁ」
「呑気な声吐いてる暇があるんなら戦えっ！」
槍が暴風となって眼前の敵をなぎ倒してゆく。さすが信長が都の防衛のために残し
ていった兵である。隣で戦う男だけではなく、ともに飛び降りた者たちも、周囲の敵
を圧倒している。
先刻まで大軍で寺を囲んでいた敵は、勢いに任せて恐れを知らなかった。そこに、
見境を失った男たちが殺到し、死を恐れず槍を振るいはじめたものだから、たまった
ものではない。目を血走らせ、穂先を突き出す織田の男たちを前に、血飛沫(ちしぶき)と悲鳴を

上げて倒れてゆくしかなかった。

「行くぞ皆の者っ！」

吠えながら光秀は太刀を振り上げる。

「偉そうに言っててんじゃねぇよっ！」

隣で叫ぶ男の槍が二人同時に串刺しにする。

「御主等がおれば、勝てる」

「当たり前じゃ」

光秀の周囲で、敵に異変が起きている。逸って突出した織田家の侍たちの勢いに、往来の敵が押されていた。

勇猛な味方とともに、光秀も一心不乱に太刀を振るう。先刻から視界の端を幾本かの矢羽がかすめる。どうやら体に突き立っているようなのだが、頭に血が昇っているから痛みを感じない。矢傷のことなどよりも、今は一人でも多くの敵を屠ることに、心を奪われていた。

齢四十一。これまで数え切れぬほどの戦に出た。しかし、これほど心が躍る戦場を光秀は知らない。

「御主等の所為じゃ」

「あぁっ、なに言ってんだ」

大声で問いながらも、男の槍は止まらない。この男だけではない。織田の兵たちの動きは、常人離れしていた。

これが一人の矮小な男を将軍にまで押し上げる者が率いる兵なのか。

光秀は感嘆を覚える。

思えば、光秀の旧主である斎藤道三は、義理の息子である信長を実の子以上に買っていたという。実の子の謀反で死ぬことになった時、この義理の息子に美濃を譲るという書状を遺したという噂もまことしやかにささやかれていた。

それから信長は、桶狭間の地で海道一の弓取りと謳われた今川義元を討ち、みずからの手で美濃を手中に収めると、義昭を奉じて都へと上った。その道中でも南近江の六角や、三好三人衆らを破っている。

それほどの勝ちを得るには、それなりの理由があるはずだ。

そして今、光秀は信長の数多の勝利の根本を目の当たりにしているような気がしていた。

「死ねやぁっ！」

先刻からずっと光秀を守るようにして戦っていた男が、唾を飛ばしながら叫びっつ、眼前の敵の頭を柄で砕いた。

「けはははは」

泡を吹きながら小刻みに震えている敵を見下ろし、男が無邪気に笑う。

男だけではない。

織田の兵たちは、行儀が良いとはお世辞にも言えぬ戦い方である。悪態を吐き、敵を大声で威嚇し、尋常の勝負を求めようとする武士を数人がかりで串刺しにする。

餓鬼の喧嘩……。

男たちの戦いぶりを見ながら、光秀の脳裏に浮かんだのはそんな一語であった。

「どこじゃっ！　兜首はどこにおるっ！」

槍を振り回し、男が敵を睥睨しながら吠える。

足軽である男が、心底から武功を求めていた。

「あぁ」

思わず光秀は声を吐いた。

そういえば織田家の出世頭といわれる木下秀吉という男は、百姓の出であるという。百姓の生まれでありながら、下人として織田家に入り込み、足軽から足軽頭と出世を重ね、今では重臣の一角に名を連ねているというではないか。

功を認められれば誰でも、どこまでも出世ができる。

武士にとって、これ以上の餌はない。知縁も柵も関係ない。功さえ挙げれば出世は思いのまま。希望が欲を掻き立て、男たちの目の色を変えているのだ。だから織田の兵は強い。勢いが違う。信長の強さを、光秀は目の当たりにしていた。

光秀の突出によって生まれた味方の活気が、次第に周囲に伝播していった。塀を飛び降り、敵に殺到する者たちがそこここで現れ、次第に流れが変わってゆく。ひたすらに太刀を振るう。武芸など心得ない光秀にはそれしかなかった。無闇矢鱈に振り回しているだけだというのに、おもしろいように敵が斬れる。勢いというものは恐ろしいもので、いったん死が頭に過った敵は、数の有利に慢心したそれまでの攻めから一転、掌中の得物を突き出すことすら躊躇うほどの緩慢な動きでじりじりと後退してゆく。

そんな最中、本圀寺の山門のあたりで一際大きな喊声が上がった。それと同時に悲鳴と怒号が聞こえてくる。どうやら寺のなかから味方が飛び出したようである。光秀たちの反転攻勢に機敏に反応した指示であろう。おおかた典厩あたりが命じたのであろうが、光秀はそんなことに心を囚われている暇はない。目の前の敵と相対し、とにかく死なないことに務めるだけで精一杯であった。

「勝てるぞ、この戦っ！」

塀の上からずっと隣で戦っている男が叫ぶ。恐ろしいことにその槍は、いささかも鈍っていない。もうどれだけの敵を屠ったのかすら、男自身にもわかっていないだろう。男はひたすら兜首を狙っているのだが、なかなか見つからず、槍の餌食となるのは恐れを満面に露わにした足軽ばかりである。それでもめげずに槍を振るう男のような者たちのおかげで、目に見えるほどに敵が後退をはじめた。

また大きな喊声が巻き起こる。

今度は包囲している敵の後方からだ。

「後詰じゃ」

男が笑いながら言った。その言葉を聞いて、光秀はうなずく。

この速さからして、おそらくは佐久間信盛たち京に残留している織田勢であろう。彼等が総出で現れたとすれば、三千の増援である。倍以上の加勢であった。

敵が崩れはじめる。恐怖に取り付かれた兵は、一度乱れると収拾がつかない。今さっきまで路地を埋め尽くさんばかりに密集して寺を囲んでいた者たちが、光秀たちに背をむけて細い道に殺到している。振れば太刀に触れていた敵の姿が、目の前から消えていた。

「追うぞっ！」

隣で男が叫ぶ。

「いや……」

右手に太刀をぶら下げ光秀は首を左右に振った。

「なんで」

不審そうに問う男に、光秀は笑みを浮かべながら答える。

「某は将軍様の足軽衆にて、この寺を離れる訳にはゆかぬのじゃ」

「そんなことを言うておったら、手柄は得られんぞ」

「織田の臣ではない故、良いのじゃ」

「そうかい勿体無いのぉ、御主が塀を飛び降りたが故に、後詰が来るまで持ちこたえられたのじゃがの」

「ささ、早う行かぬと置いて行かれるぞ」

「そうであった。では、またいずれどこかで」

「うむ」

うなずいた光秀に気持ち良い笑顔で力強くうなずいた男は、血塗れの槍を小脇に挟んで去って行った。

その後、三好三人衆と斎藤龍興らは、退いた桂川にて、危急を聞きつけ駆けつけた細川藤孝、三好義継、摂津国衆らと、戦い散々に討ち払われて潰走した。

雪を掻き分け信長が都に現れたのは、本圀寺での戦いから二日後のことであった。兵を引き連れる余裕もなく、信長とともに京へとたどり着いたのは、騎乗の武士十名あまりであった。

本圀寺にて義昭に謁見した信長は、加勢に駈けつけた諸将をねぎらい、褒美を与えると、将軍の御座所を新たに造営することを皆に告げた。

光秀が信長に呼ばれたのは、諸事を片付け終えた後のことであった。

本圀寺の一室に、二人きりで座している。正月の冴えた寒風を阻むため、障子戸は固く閉ざされ、相対する二人の間には火鉢が置かれていた。人が五人も入れば膝と膝が触れ合うほどに狭い部屋で、光秀は濃尾の覇者と対面している。

火鉢のなかで燃える炭が赤々と輝き、熱の揺らめきを天にむけて放つ。その揺らめきのなかに信長の顔がある。光秀から見える細い顔が、かすかに揺れているのは、炎無く燃える熱気のせいであった。

「聞いたぞ」

唐突に信長が言った。なんのことか光秀にはわからない。熱気のむこうからむけられる視線には、岐阜の時のような嫌悪の色は無いように思う。が、この男はわからない。平静に話していたかと思えば急に怒り出し、なだめるのは無理だとこちらが覚悟して腹を括ると、いきなり上機嫌になって笑い出す。

今、怒っていないからといって、気安く接する訳にはいかない。なにを言いたいのか。信長の真意が読めるまでは、黙しているつもりだ。

光秀が黙っているから、信長は言葉を継ぐしかなくなった。

「御主も本圀寺に詰めておったそうではないか」

「はい」

短い答えを吐いて、ちいさくうなずく。できるだけ動きは最小限に抑えたかった。

「御主は細川殿の家人であろう」

「足軽衆として上様に御仕えせよと命じられました」

「では足利の臣となったか」

「いえ、あくまで某は細川家の家人にござりまする」

そこまで厳密に義昭と藤孝の間で約定が取り交わされた訳ではない。所詮、家人程度の処遇なのである。いずれに属しているかなど、問い詰めることでもない。

光秀自身の気持ちである。

己は義昭の臣ではなく、藤孝の家人だと自分で思っているだけだ。そして、光秀がそう言えば、義昭も藤孝も否定はしないし、それで良いと断じるはずだ。その程度のことなのだ。だから光秀は堂々と、細川の家人であると胸を張る。

「細川の家人でありながら、上様の足軽衆であるということか」

「左様」

細い髭の下の信長の口が奇妙に歪んだ。笑ったのだと光秀が気付くのに、しばしの時が必要だった。

「ならば、織田家のために働くこともできるな」

「は」

突然なにを言いだすのか。

「塀を飛び降り、太刀を振り上げ、単身敵の只中に乱入したそうではないか。見ておったという者が、そう申しておった」

「それが何故、織田家のために働くことになるのか皆目……」

「気に入ったのよ」

言葉を断ち切られ、苛立ちが胸に過った。そんな光秀を前に、信長は言を重ねる。

「およそ武芸とは無縁な風体でありながら、誰よりも先に敵に飛び込んでゆくなど、うつけ以外に出来ぬ芸当よ」

「うつけ……」

そう呼ばれていたのは目の前の男の方である。尾張のうつけの噂は、美濃にいた光秀の耳にも届いていた。

「儂の家臣たちとともに、京の奉行を務めよ」

「奉行」

「荒事のほうが好みと申すか」

「いや」

光秀が口籠ると、信長は大声で笑った。ひとしきり笑ってから、火鉢に手をかざす。不吉な笑みを湛えたまま、光秀の方へと顔を突き出した。

「織田家の臣になれと申しておる訳ではない。御主は今までのように細川の家人のままで良い。細川家の家人でありながら、足利家の足軽衆を務め、儂の家臣たちとともに都の奉行を務める。それだけのことじゃ」

己の喉の音を聞いて、光秀は肩を揺らした。目の前の男の驚きなど見て見ぬふりしながら、濃尾の覇者は悪辣な笑みを浮かべつつ言葉を連ねる。

「できるな」

否応は無い。

光秀はうなずきで応える。

越前の片隅で、あれほど人に求められたいと願っていたはずなのに、今光秀の心を覆っているのは、不安であった。

この男に取り込まれてはならぬ……。

心の芯の方で、もう一人の己が叫んでいた。その声に耳を塞ぎながら、光秀はもう一度、深くうなずいた。

参　織田弾正忠信長

滑稽だった。

目の前に立つ男の姿を見ながら、信長は笑みを堪えることができない。

男は己の臣ではなかった。

厳密にはという意味で。

名目上は将軍家の臣、細川藤孝の家人である。しかし、今でも細川家の家人であると言い張っているのは当の本人だけで、周囲の者は男をそんな立場であるとは思っていない。最近見知った者のなかには、男の本来の素性を知らぬ者もいるはずである。将軍足利義昭の側近。もしくは織田家の奉行衆。そのあたりのことを、素性を知らぬ者は口にするだろう。

明智十兵衛光秀。

いまだ官職すら持たぬ卑賤な男だ。そのくせ、織田家の臣とともに、みずからの手勢を擁して甲冑を着込み、信長の前に侍っている。

織田家の臣ではない。

臣ではないのだが。

この場に集う誰よりも使えるというのだから、腹が立つ。

「金柑(きんかん)」

信長はおもむろに光秀を呼んだ。

金柑というのは仇名(あだな)だ。一度、烏帽子を取った光秀の頭を見た。その時、額から頭頂にかけての毛が薄く、陽の光を受けて輝いていた。それを見た時、何故か信長の脳裏に陽の光を存分に受けて熟しきった金柑が浮かんだ。

以来、金柑で通している。

光秀は漆黒の当世具足の上に深紅の陣羽織を着込み、青白い顔と相俟(あいま)ってなかなかの武者ぶりである。わずか数年前までは、知縁もない越前で喰うや喰わずの暮らしをしていた牢人であったとは思えない。薄ら笑いを浮かべているように見える平時の面構えですら、どことなく高貴な余裕を思わせるのだから、人とは不思議なものである。

現に光秀は、その顔貌と牢人暮らしの間に励んでいた書や算術などのたしなみによって、京の奉行職を存分に務め上げていた。そのうえ、義昭の足軽衆として公家との付き合いにも長け、都の狐たちを相手に一歩も引かない。公家どもの方が、光秀を信頼するという有様である。

将軍と公家、そして京。面倒極まりないそれらの柵を捌くため、いまや光秀は信長にとって欠かせない存在となっていた。

それもまた癪に障る。

「如何なされました」

信長の面前まで辿り着いた光秀が片膝を折って跪いてから、言った。信長が家臣同然の気安さで声をかけるように、光秀もまた信長を主のごとき親しさで接する。金柑と呼ばれはじめた頃は戸惑い、この男には珍しく目の底に嫌悪の情を過らせたこともあったのだが、信長が執拗に呼び続けていると、ひと月もせぬうちに慣れた。

美濃で出会って三年。

間違いなく二人の間合いは狭まった。

が……。

両者の心は一厘たりとて近づいてはいない。

顔を伏せ信長の言葉を待つ光秀は、織田家の臣のごとき素直さである。しかし、ここで信長が腹を切れと命じても、おそらく光秀は従うことはない。命じられる筋合いはないと、堂々と言い切ることだろう。それでも命じるのであれば、義昭を通せ、藤孝に言えと、強硬に拒むはずだ。

「金柑」

腹を切れ。

言葉が喉の奥までせり上がってくるのを必死に堪える。

「は」

信長をうながす相槌（あいづち）である。

とにかくなにか言わなければ。

焦る。

そんな己が腹立たしいし、何故光秀などのために焦らねばならぬのかと思う。思えば思うほど、余計に腹が立つ。

使える駒だ。手放す訳にはいかない。

だから、苛立つ。

「先刻の評定ではなにも言わなんだな」

織田家の臣とともに、評定にも参加させている。何故、織田家の者でもない者がと思う家臣もいるだろうが、誰も正面切って信長に注進してくる者はいない。それほど光秀の都での働きぶりは突出している。

「不服があるのか」

「いえ」

「ならば何故、なにも言わなんだ」

言いがかりである。たとえ理由が、言いたいことがないから口を開かなかったであっても、光秀はそう答える訳には行かない。織田家の臣でないから、進んで献策して功を焦ることもないからだなどと言い訳することもできない。

「申し訳ござりませぬ」

光秀には謝るしか道はない。それを承知で信長は責めている。

「もはや御主は織田家の臣であるも同然、言いたいことがあればはっきりと申してよいのだぞ」

既成事実で取り込もうというつもりはない。いずれ、光秀には己の所属を明確に表明させるつもりである。が、今はその時ではない。それでも己の家臣同然であるなどと言ったのは、言われた光秀の態度を見極めたかったからだ。

「かたじけのうござります」

言って光秀は小さく頭を垂れた。その目はかすかに弓形に歪み、口許は少しだけ吊り上がっている。見る者が見れば笑っていると断じられても仕方がない顔付きであるが、それが常態であることを、信長はすでに見切っている。そして、笑っていると詰問されると、光秀が怒ることもわかっている。

つまり、いま光秀の心は凪であるということだ。心に微風すら吹いていない。家臣同然の扱いを喜んでも、嫌がってもいないのである。

小癪な男だ。

己が家臣よりも手厚く遇しているという自負がある。

城をひとつ守らせている。いま光秀が率いている兵たちは、信長が与えた手勢なのだ。諸将のなかにはいまだ一城の守将になれぬ者も大勢いる。何故、足利家の近習などという不満の声が家臣たちから上がっていることも、信長はわかっている。

光秀は足利家の近習でもない。不満を口にする者たちが、細川家の家人という光秀の本来の素性を知ればどう思うだろうか。家臣たちのなかには国許の尾張や美濃に己が所領を持ち、みずからの手勢を率いている者もいる。そういう者たちですら城の守将を命じられてもいないのに、将軍家の臣の家人でありながら、信長直々に兵を借り受け、一城の将に任命されているのだ。

武士にとって、光秀の現在の立場は、栄達以外の何物でもない。

しかし目の前の男は、信長にこびへつらう素振りがまったくない。阿諛追従し、媚びを振りまくだけの無能な男を信長はもっとも嫌う。死んでしまえば良いと思っている。何代も織田家に仕えているからといって、容赦はしない。才の無い者はどれほど信長の歓心を得ようとしても無駄である。

才のある者ならば誰でも良い。どんな者でも重く用いる。追従など無用だ。

信長は心底そう思っているのだが、それでも光秀の態度は目に余る。一応の礼は必ずするし、都の公家や将軍などから一目置かれるだけの儀礼も弁えているから、信長に無礼を働くことは決してない。

だが心が宿っていない。

すべての言葉が、腹を経ず、喉から出ている。

嬉しいのか、迷惑なのか。

闇を湛えた光秀の瞳を覗いてみても、欠片ほどもわからない。

腹立たしいが……。

目が離せぬ。

この気の置けない男のことが気になって仕方が無くなっている己に気付き、信長はむず痒(がゆ)い想いを抱く。果たして己は、光秀をどうしたいのか。この男にどう思われたいのか。

信長自身、良くわからない。

「弾正忠殿よりの厚遇。この十兵衛光秀、身に余る喜びであると常々より思うておりまする。故に弾正忠殿のなされることに、露ほどの不満もござりませぬ」

光秀はいまだ頑なに、信長のことを官職名で呼ぶ。殿などという呼称を用いることはいっさいない。己は細川の家人であるという一線を決して越えようとはしなかった。

「弾正忠殿が御山を焼かれると申されるのであれば、この十兵衛、その手足となって坊主どもを成敗いたしまする」

言って光秀が肩越しに背後に目をむけた。

漆黒の山が鎮座している。

比叡山(ひえいざん)。

都の北東に位置するこの山には、延暦寺(えんりやくじ)とそれに連なる百を超える塔頭(たっちゅう)が存在している。天台宗(てんだいしゅう)の総本山であり、王都鎮護の寺である。天台宗開祖、最澄(さいちょう)によって都の北東、艮(うしとら)の鬼門を守るために建てられた。

しかし長き歳月の末、御山はすっかり穢れてしまった。延暦寺とその塔頭群には僧だけではなく、若き女どもや戦火を逃れた武士なども隠れ住んでおり、すべてを合わせると四千人を超すという。

「山門に与する国衆への調略、御苦労であった」

「はは」

抑揚のない声で光秀が答えた。

信長が比叡山を囲む十日ほど前より、光秀は近郷の国衆たちに書状を送り、織田方への加担を求めている。山門とは延暦寺のことであり、天台宗の別流の総本山である園城寺を寺門と呼んだ。

光秀は虚言を弄してはいない。信長のやり方に不服があるのなら、山門に与する国衆の切り崩しなど行うはずがない。光秀は言葉の通り、信長の手足として働くつもりなのだ。ただ声に心が籠っていないだけなのである。

心が籠っていないだけなのに、どうしてこれほど苛立つのか。

「金柑」

「は」

「其方は仏罰が恐ろしゅうはないのか」

　家臣たちのなかには、いまだに比叡山を焼くことを躊躇っている者も多い。信長の勘気を恐れて誰も意見はしないが、先の評定の席でも皆一様に顔色は暗かった。裏切った浅井と朝倉を討つと言った主に対して雄叫(おたけ)びを上げた時の紅潮した顔は、ひとつもなかった。

「恐ろしゅうございます」

　相も変らぬ微笑のままで、光秀は答えた。

「恐ろしいと申したか」

「はい」

　細川の家人は静かにうなずく。

「ならば何故、儂の手足となって働く。山門に与する者共を懐柔し、坊主どもを成敗するなどと申すのだ」

「仏罰よりも弾正忠殿の怒りの方が恐ろしゅうございまする」

「此奴」

　憎たらしい。

　何故、これほどまでに憎たらしいのか。同じ言葉を秀吉が口走っていたら、信長は間違いなく大笑しただろう。禿鼠(はげねずみ)めが小癪なことを申すわいと吐き捨てて、額のひとつも叩いたはずだ。

しかし、そんな気になれない。

声に抑揚がなく、笑わそうという気持ちが滲んでいないから、ただただ本当に信長の怒りを恐れているようにしか聞こえない。仏よりも信長が恐ろしい。本気でそう思っているのだと、受け取るしかない。光秀なりの洒落なのかもしれない。恐らくそうなのであろう。だが、本意のように受け取れてしまうから、返す言葉が見つからない。

この男と会話をしていると、こういう齟齬が多々起こる。

「殿っ！」

突然、駆け寄ってきた小男が、信長を呼んで光秀の隣に控えた。片膝立ちとなり、そのまま平伏する。

「なんじゃ禿鼠」

仇名で呼んだ。

禿鼠こと木下秀吉は、それを合図に軽快に頭を上げ、床几に座る信長を見上げた。

「四方に散らばる方々の支度、万事整ってござります」

にこやかに言った秀吉の目が隣にむいた。

「おや、明智殿もおられましたか」

今気づいたとばかりに言ってはいるが、この場に現れた時点で気付いていない訳がない。何事にも目端の利く秀吉のことである。信長と光秀が会話を交わしているところにあえて無礼を承知で割って入ったのであろう。当然、切迫した状況ではない雑談の類(たぐい)であることも見極めての行いである。そこまで気を使ってなお、いま光秀に気付いたという素振りをしたのだ。

「はい」

微笑のまま答えた光秀から目を逸らし、秀吉はふたたび信長に顔を向けて笑った。眩(まぶ)しいくらいに屈託のない笑顔である。心の底から、信長と相対していることを喜んでいる。そう思わせる笑みであった。

「真に山を御焼きになられるのでしょうや」

満面の笑みとは相反するような後ろ向きの問いに、信長の細い眉が吊り上がる。

「臆したか禿鼠」

「いやいやいや」

にやけ面の禿げた鼠が、右手をひらひらさせながら、躰のわりに小さな頭を激しく左右に振った。

「滅相もない」

言いながらなおも秀吉は笑っている。なにがそんなに可笑しいのか不思議でならぬという様子の光秀が、目をわずかに見開きながら隣の小男を眺めていた。

光秀にはこの調子の良い男がどう見えているのだろうか。

ともに死線を潜り抜けた間柄である。

一年前の春のことだ。

禁裏の補修造営、将軍の支援そして畿内の平穏を実現せんと、信長は諸国の大名に上洛を命じた。山名、京極、畠山など多くの大名がこれに従うなか、越前の朝倉義景が、信長の申し出を無視した。それを将軍家への翻意であると断じた信長は、すぐさま越前に兵を挙げた。

この時、妹婿である浅井長政が裏切った。

越前の金ケ崎城を落とし、この地に陣を構えていた信長は、近江から攻め上る長政の兵と朝倉勢によって挟み撃ちになることを恐れ、単身、琵琶湖の西岸を駆け抜け都へと戻る。残された諸将も撤退を余儀なくされた。

信長は秀吉に殿軍を命じた。

長政の加勢を得て勢いにのる朝倉勢の追撃を、秀吉は懸命に寡兵で食い止めたという。その時、信長に従い軍勢のなかにいた光秀が、己に与えられていた兵とともに残って、秀吉を助けた。二人と池田勝正の三人が必死になって朝倉勢の追撃を阻み、なんとか都に帰ってきたのである。

死ね。

撤退に際し、信長は秀吉にそう告げた。それほど厳しい殿軍であった。何故、光秀が秀吉を助けたのか。その真意は信長にもわからない。信長自身が殿軍を命じたのは秀吉だけであった。後に光秀に問うてみたが、撤退をしようと支度をしている間に皆に取り残されてしまい、仕方なく殿軍であった秀吉との合流を試みたと言い、みずからの不始末を詫びるという具合で、殿軍に対する功を誇る訳でもない。秀吉も秀吉で、光秀に対する感謝を口にすることはあっても、それ以降心底から慣れ合うようなこともなかった。

この男は将軍家の人間だ……。

そういう想いは秀吉だけではなく、織田家の誰もが思っている。

「臆しておらぬというのなら、何故、愚にも付かぬことをわざわざ聞くのだ」

秀吉を見据えて信長は問うた。禿げた鼠はにやけ面のまま、へらへらと答える。

「支度を終えてなお、多くの将が山を焼くことを躊躇われておるように見受けられまする故」

「誰じゃ。誰が躊躇うておるのだ」

「いやいや、それは御勘弁いただきたい」

言って秀吉が手をひらひらと振った。

将兵が戸惑っていると伝えておきながら、その名は秘するとは小憎らしい真似をする。つまりは、多くの者が山を焼くことを快く思っていないと言っているのだ。

「なにが言いたい禿鼠。回りくどいことを申しておると斬って捨てるぞ」

言いながら背後に手を伸ばした。主従のやり取りを黙して聞いていた小姓が、持っていた太刀の柄を差し出す。ひんやりとした銀拵（ごしら）えの柄を握りながら、ゆっくりと引くと、するすると刀身が滑り出る。

「いやっ！　それだけは御勘弁をっ！」

中程まで出したところで、秀吉が両の掌を大袈裟（おおげさ）に突き出しながら、額を地に付けた。あまりにも芝居じみた動きに、光秀があんぐりと口を開いて驚いている。

「何卒っ！　何卒御容赦をっ！」

「ならば、なにを言いに来たのか申せ」

「はいっ！　申しますっ！　申しますから、どうかそれを御納めくだされっ！」

「次に御主が吐く言葉が愚にもつかぬ物であれば、このまま抜いて、その首に下ろす」

禿鼠が喉を潰すようにして甲高い声をひとつ吐いて、すすっと退いた。信長は床几に腰を落ち着けたまま、太刀の間合いから逃れた秀吉を睨みつける。

「言え禿鼠。御主はなにを企んでおる」

「い、いや、あの……」

「なんじゃ本当に斬られたいようだな」

「あ、明智殿でござる」

秀吉がつぶやいた。

恐怖のあまりに口走ったようには思えなかった。柄を握ったまま、信長は無言で続きを待つ。

全身を震わせ、恐る恐るといった様子を十二分に知らしめてから、秀吉は小刻みに声を揺らしつつ言葉を紡ぐ。

「家中の方々が御山に火をかけることを恐れておられる中、他家の家人であられる明智殿が率先して殿の命に従えば、皆の目も変わるのではないかと……。よ、よもや明智殿がおられると思いませなんだ故、言上するのを憚ってしまい申した」

「某が」

ひれ伏したままの秀吉を呆然と見つめ、光秀がつぶやく。それを聞き流し、秀吉は続けた。

「浅井朝倉勢に討たれた森殿の跡を継ぎ、宇佐山城の守将を拝命なされた明智殿のことを、家中の方々は快う思うておりませぬ。今こそ、そんな方々の見る目を変える好機ではないかと存じ、出過ぎた真似と思いながらも、殿へ言上仕らんと罷り越した次第にござります」

ここで秀吉が顔を上げ、心底からの笑みを見せた。

照れ笑いである。日頃、我が我がと何事にも率先して手を上げ功を余人に渡さぬ男が、明智に花をもたせるが如き献策をしているのだ。秀吉自身も己らしくないと重々承知しているから、自然と照れが顔に出る。

秀吉の言う通り、光秀は宇佐山城の守将をしていた。この城は、浅井家との抗争の最前線に位置する重要な拠点である。

姉川にて信長は浅井朝倉両軍に大勝した。そのひと月後、三好三人衆が摂津中島に兵を動かし、それを撃破するため信長は出陣する。大坂本願寺が三好に同調。西方にて信長は苦衷に陥った。その間隙を縫い、姉川の敗戦からふた月あまりの歳月しか経っていないというなかで、浅井朝倉両家が三万もの兵とともに上洛を目指す。姉川の戦より前に、信長は浅井に対する都の防備として宇佐山城を築城し、ここに重臣の森可成（よしなり）を入れていた。勇猛な可成は、浅井朝倉両軍を迎え撃つため城を出て戦い、討死にして果てる。その後、城に残っていた武藤（むとう）家の者たちによって城は守られ、信長の到来を待った。浅井朝倉の挙兵を聞いた信長は、西方の戦場を任せ、近江へと急いだ。しかし、勢いに乗る敵を前に思うように勝ちを得ることができない。しかもこの時、比叡山延暦寺が敵に与することを表明し、浅井朝倉両軍は御山の南方に陣を張り、都へもう一歩というところまで迫った。

この延暦寺の行いが、今回の一件の原因となっている。

力で現状を打開することが不可能であると判断した信長は、まず浅井朝倉に与していた六角承禎（じょうてい）と和睦（わぼく）した。西方でも松永久秀（まつながひさひで）の仲介によって三好三人衆と和睦する。これにより、東西から信長を挟み撃ちにすることが不可能となった浅井朝倉へ、関白二条晴良（にじょうはるよし）に和睦の斡旋を依頼。両家がこれを受諾し、信長は危機を脱した。

可成が死に、守将を失った宇佐山城に光秀を入れたのは、この後のことである。

浅井との争いの拠点である宇佐山城を、他家の家人である光秀が任されたことに不満を持つ者が多いのは、秀吉の言う通りであった。光秀には皆をうなずかせるような武功がない。金ヶ崎の殿軍であった秀吉を助けたとはいえ、それは確たる武功とはいえない。殿軍を買って出たのは秀吉であり、光秀は成り行き上、加勢しただけに過ぎないのだ。信長は光秀に殿軍を命じた覚えはないし、光秀自身、秀吉の加勢を武功であると吹聴（ふいちょう）するようなことも、それによって信長に褒美をせがむこともなかった。

武功無き者が何故、という感情は織田家の家臣たちに横溢（おういつ）している。

武功あってこその武士だ。それは目の前で照れ笑いを浮かべている禿鼠も心得ている。だからこそ秀吉は、武功以外の功で成り上がってきた己に対する周囲の目を変えるため、突然の裏切りによって挟み撃ちになるという窮地のなかでの殿軍を買って出たのである。満足に殿軍の務めを果たした秀吉を、今も武功無き猿などと蔑む者はいない。

「ここで金柑に武功を挙げさせよと申すか」

「へへへ」

明確に答えずに秀吉は首の裏をぼりぼりと掻きながら笑う。こういう時、この男は本当に憎めない顔をする。信長に媚びるというよりも、いたずらがばれてしまった悪餓鬼のような、小突いてやりたくなる笑顔なのだ。もし、本当に信長が小突いたら、痛っ、と短い声を吐いて肩をすくめて見せるだろう。そういう素振りが滑稽（こっけい）な芝居じみていて、余人の笑いを誘う。織田家随一の堅物である柴田修理介勝家なども、おどける秀吉を前にすると呆れ顔で大きなため息をひとつ吐いて黙ってしまう。あの男が怒りを露わにしながら、それでもため息とともに口を閉ざすというのは滅多なことではない。道化であの男を黙らせた者を、信長は秀吉以外に知らなかった。

この陽気が、少しでも光秀にあったなら……。

信長は思うのだが、人には性というものがある。求めても無駄なことだと承知しているのだが、それでも光秀が秀吉の爪の先ほども気安ければ、もっともっと任せたい仕事があるのだがと思わずにはいられない。

「しかし」

信長は二人の背後に見える山を睨む。

「逃げ惑う坊主をいくら斬り殺したところで、それは武功ではあるまい」

「たしかに武功ではありますまい」

禿鼠が即答した。

金柑頭は長年の主従の気安げなやり取りを、薄ら笑いに似た顔でうかがっている。己の話をされているというのに、どこか他人事のような顔付きであった。しかし秀吉は、そんな光秀の気性を十分に承知している。隣に気をやることなく、床几の上の信長を見上げながら続けた。

「御山を囲み、包囲から脱っせんとする者を皆殺しにする。恐らく大半は坊主と女どもにござりましょう」

坊主どもは神聖なる御山で平然と酒を喰らい、女を囲っている。そういうところも信長は気に喰わない。

別段、神仏を嫌っている訳ではない。人には神という理がなければ、生きていられぬ状況というものがある。あれは神罰であった。仏罰が下った。そう思うことで受け入れられる不幸がある。あれは神の導きに他ならぬ。御仏の御導きあってのもの。そうとしか考えられない奇縁がある。神仏を滅ぼせば人の世が成り立たぬことなど、信長にも十二分にわかっている。

だからといって比叡山を許す訳にはいかない。

見せしめなのだ。

織田信長に逆らったら、たとえ御仏に仕える身であろうと容赦はしない。皆殺しである。信長の覇道に逃げ場はないのだ。あってはならぬのだ。逃げ場を許せば、そこに悪縁が集う。信長に虐げられた者たちが結集し、いずれ大きな勢力となる。そのような場所を許して、天下に覇道を布くことなどできるはずがない。

今宵、御山に上がる炎は天下への狼煙なのだ。

「先刻も申しましたとおり、御館様の下知に、皆様怖気付いておられまする」

「だからどうした」

怖気付いたところで、信長が命をひるがえす訳がない。すでに山は取り囲んでいるし、家臣たちも万事支度を整えていると、現にいま秀吉自身が告げてきたのではないか。どれだけ二の足を踏もうと、評定の席で異を唱えなかったということは、不満はないと表明したも同然である。家臣たちは信長の命に従うしかないし、不満を述べて逆らったら許しはしない。聞く耳は持たぬし、放逐して終わりだ。そんな信長の気性を知っているからこそ、誰も異を唱えなかったのだ。

「山を焼き坊主どもを殺す。それだけだ」

「それは皆様方もわかっております。手を抜く者はおりますまい」

笑っていたはずの秀吉の顔が、いつの間にか引き締まっていた。こういう気の抜き差しも、この禿鼠は絶妙である。ここは笑ってはいけないところであると思うと、すぐに真剣な面持ちとなって気配を引き締める。するとこちらも、すうっと自然に秀吉の言葉に耳を傾けてしまう。

「明智殿はきっかけにござる」

「きっかけ……」

思わずといった様子で光秀がつぶやいた。秀吉は顔だけを隣にむけて、にこやかに笑いながらうなずいた。

「御館様の命には従いたい。しかし御山に火をかけて坊主どもを斬り殺すのはためらわれる。皆様方が欲しているのは、最初の一歩なのでござります。誰かが率先して御山に足を踏み入れ刃を振るうことで、皆様の迷いも無くなりましょう。そうなれば、後はなにも申さずとも、御館様の望み通りとなりましょう。これはたしかに武功ではないかもしれませぬ。が、御館様への忠義を示すという意味においては、これ以上の功は無いかと存じまする。仏罰を恐れず、一番乗りを果たしたとなれば、明智殿を見る皆の目も変わるのではありますまいか」

「木下殿」

光秀の視線が照れ臭いのか、秀吉が目を逸らして信長を見上げた。

「今度の先陣、明智殿が適当であろうかと存じまする」

「珍しいこともあるものよ」

小癪なまでに気の利いた言葉の数々に、信長はかすかな苛立ちを感じながらも、屈託無い笑みを浮かべる禿鼠に笑みを浮かべ言葉を投げた。

「常に己が功のことしか頭にない御主が、余人のために儂に進言するとはな。それほど金柑のことが気に入ったか」

「滅相もござりませぬ」

言って禿鼠が大袈裟に首を振った。

「むしろ嫌いにござります」

「え」

光秀が素直な声を上げた。それを無視して秀吉が信長へ一度ぺろりと愛嬌のある舌を見せてから言葉を繋いだ。

「織田家の者でもないくせに、御館様から城の守りを任され、それでもなお己は足利家の者でございという顔をしておる」

「い、いや某は……」

「細川も足利も同じでありましょう」

光秀の正確な素性など、秀吉は当然承知している。正そうとする光秀に先回りした言葉をぶつけてから、ふたたび信長にむかって語り始めた。

「京で奉行として各地の寺社領や国衆の領地に対する宛行(あてがい)をさせても、公家との折衝をさせてみても、催しの差配をさせても、兵を任せてみても、文句の付け所がない」

秀吉が人を褒めるのは珍しいことではない。この男が誰かの悪口を言ったのを信長は聞いたことがなかった。ややもすると悪口は讒言と取られることもあるから、家臣たちは慎重になるのだが、それでも冗談混じりであったり、ちょっとした諍いの中で悪しき想いを口にすることは誰にでもある。そういうものにいちいち目くじらを立てていては埒が明かない。家臣も人である。合縁奇縁。合う合わないはあるものだ。些細な悪口くらいなら、聞いてやる。

秀吉はその些細な悪口さえ言わない。どんな者であろうと、かならず良い所を見付け、それを褒める。信長に聞かせる。

だが、ここまで手放しに褒めることは流石にない。何もかも文句の付け所がないなどと口走るということは、敗北宣言にも近しい行いである。己は御主より劣っている。だから嫌いだと言っているようなものだ。

それでも秀吉は続ける。

「才があり、御館様にも求められておりながら、当の本人は織田家に仕えてはいないという顔をしたまま、淡々と日々の務めをこなされておりまする。そんな御人を好きになれと言われて誰が好きになれましょうや。織田家の者は皆、明智殿のことが大嫌いでござります」

この男が手放しで褒めることも珍しいが、ここまではっきりと悪口を口にするのは、それ以上に珍しい。

「ふはははは」

信長は声を上げて笑ってしまった。

口を尖らす秀吉が、あまりにも愚かしい顔付きであったからである。悪餓鬼が遊びで負けて、腹立ちまぎれに相手を罵った後、心底から悔いている。そんなわかりやすい後悔の念を満面に滲ませた秀吉の姿が、おかしくて堪らなかった。

「訳がわからんぞ禿鼠」

「己でも訳がわかりませぬ」

「ぬははははは」

「笑い過ぎですぞ」

口を尖らせ秀吉が睨みつけてくる。その様がまた滑稽で、余計に信長は笑ってしまう。

「御主はなにをしに参ったのじゃ禿鼠。儂だけではなく金柑も戸惑っておるぞ」

褒められ、悪口を述べられた当の本人は、どんな顔をして良いのかわからぬといった様子で、信長と秀吉を交互に見つめ、口をぱくぱくさせている。日頃、心根が顔に出ない光秀にしては珍しく、わずかに眉をへの字にして躊躇っているようだった。しかし秀吉は、そんな光秀を見ようともしない。口を尖らせ信長をにらんだまま、あえて光秀から目を逸らしている。

「き、木下殿」

なんと言って良いのかわからず、とりあえず名を呼んだ。光秀の揺れる声には、そんな響きがあった。

「借りを返しただけにござるっ！」

口を尖らせ、強硬に目を逸らしながら禿鼠が叫んだ。

「金ヶ崎の退き口にござるっ！　あの時、明智殿が来てくださらねば、儂は死んでおってもおかしゅうはなかった。織田家の臣でもない明智殿が、みずからの命を投げ打ち懸命に戦ってくれたおかげで、儂はこうしてここにおるし、武功無き卑怯者と呼ばれることもなくなった。そ、その借りを返そうと思ったまでじゃっ！」

「ぶっ！　はははははははっ！」

「御館様っ！」

あまりにも解りやすい理由に、たまらず大声で笑ってしまった信長に、秀吉が腹から声を上げた。主従の大声に驚いたように、周囲で支度に追われていた兵たちが立ち止って、信長たちを見た。しかし、変事が起こった訳ではないことを知ると、すぐにまた各々の仕事に戻ってゆく。

「そうかそうか、御主にとって金柑は命の恩人であるか」

「…………」

口を尖らせそっぽを向いた禿鼠は答えようとしない。が、そのふてくされ方が、無言の肯定である。織田の同朋でもなく、武士としても一歩先んじられている感のある光秀にこれ以上へりくだってしまうことを、秀吉は嫌っているのだ。その態度は、信長にも好ましく思われる。

笑みに歪んだ目を、可愛げのある家臣から、憎たらしい他家の家人へとむける。他家の家人というが、光秀が主と慕う細川藤孝は、いまや将軍家の臣というより織田家中の者同然に働いている。光秀などより、藤孝の方が解りやすいくらい信長に追従の意をあらわしているのだ。主への忠を示すというなら、信長こそを主として良いものなのだが、光秀は頑なにそのあたりのけじめを貫いている。

「金柑」

秀吉にむける穏和な声を一変させ、冷淡に呼ぶ。そんなことで不機嫌を顔に表す光秀ではない。目を伏せ、言葉を待っている。

「禿鼠はそう申しておるが、御主はどうする」

「どうすると申されましても……」

「先刻、御主は仏罰よりも儂の怒りの方が恐ろしいと申したな」

「たしかに申しました」

どれだけ問答を重ねても、光秀の声に抑揚はない。顔の微笑も平時のものだ。秀吉からの好意を受け、わずかな間とまどっていたが、それもすでに収まり、常の凪が光秀の総身を包んでいる。

「ならば禿鼠の申す通り、誰よりも先に山へ入り、坊主どもを血祭に上げよ。できるか金柑」

笑った……。

信長にはそう見えた。常から幽かに笑っている光秀の口角がいつもより上がったような気がした。しかし本当にわずかな差異であるから、確信とまでは行かない。

そこまで考え、信長の胸に怒りの火花が散る。

何故己が光秀ごときの顔色をうかがわなければならぬのか。この男が笑おうが泣こうが知ったことではない。

「黙っておってはわからん。答えよ金柑っ！」

怒りが声となってほとばしる。光秀は常の唇のほころびのまま、ゆっくりと顔を上げて信長に正対し、視線を交錯させた。

「っ……」

息が止まる。

気圧されているのか。

信長はみずからの動揺を二人に悟られまいと、眉間に皺を刻み、これみよがしに怒鳴ってみせた。

「出来ぬなどとは申させぬぞ。御主は儂の兵を借り受け、儂の城を守り、儂の手の者として戦場に立っておるのだ。儂の命に逆らうことは許さん」

「そのようなこと、毛ほども思うてはおりませぬ」

光秀が目を逸らし、頭を下げた。

「弾正忠殿がやれと申されれば、この光秀なんなりとやらせていただきまする。坊主共を殺せと申されるのならば、いくらでも」

「言うたな」

「はい」

顔を伏せたまま、光秀は揺るぎない声で答えた。

「では決まりじゃ。禿鼠の申す通り、御主が先駆けじゃ。本陣よりの貝の音が聞こえたら、他の者たちなど構わず山に入り、目に入った者はすべて斬り捨てよ。女であろうと容赦するな。頭を丸めておっても情けは無用、撫で斬りにいたせ」

「承知仕りました」

「下がれ」

顎を突き出し命じる。

光秀は顔を上げぬまま、腰から下がるようにして立ち上がると、もう一度深々と信長に礼をして、みずからの陣へと戻って行った。

後に残された禿鼠が堅い笑みを頬に張り付かせながら、信長を見上げている。

「なんじゃ」

餌をねだる犬のような目付きの禿鼠に、ぞんざいに声を吐く。秀吉は小さな体をいっそう小さくしながら、主に問う。

「何故、御館様は明智殿にあれほど辛う当たられるのでしょうや」

「御主が知ったことではなかろう」

「仰せの通りにござります」

怒りの逆鱗に触れたと思ったのか、秀吉が先刻の光秀よりもなお深く、地に頭を叩き付けるようにして辞儀をした。両手を伸ばしきった体勢で、全身で謝意を示すその仕草は、滑稽を通り越して奇抜ですらある。人は他人にここまでへりくだれるのかと、呆れるくらいに、秀吉は信長に対してどこまでも己を貶めて見せる。

「禿鼠」

「ははぁっ」

両手を投げ出し、顔を地に押し付けたまま秀吉は主の言葉を待っている。

信長はみずからの鼻の下に手をやった。細くまとまった髭の先を指先でつまんで尖らせる。頭の毛は濃いのだが、髭が薄い。どれだけ伸ばしてみても、柴田勝家のように黒々とは生えなかった。当然、胸や尻にも毛はなく、ぬるりと生白い己の躰付きが女のようで嫌だった。その点、秀吉は、背丈こそ矮小ではあるが、細身ながら筋骨はたくましい。猿を思わせる敏捷（びんしょう）そうな印象も、そんな躰の造りによって余人に抱かせるものだ。

光秀もどちらかというと、信長に似ている。

髭は薄く、色白であった。そのうえ頭の毛まで薄いから、信長よりもつるりとしている。

似ているから厭うのか。

己と光秀が似ている……。

考えただけで腹立たしい。

「なにを黙っておる禿鼠っ」

「ははぁっ、申し訳ございませぬっ！」

秀吉は主の言葉を待っていたのだ。なのに突然、怒気に満ちた声で叱られた。理不尽極まりない。しかし秀吉は、平然と謝り、信長には非がないことを平伏したままの全身で語っている。

踏みつけたら恐れ慄き、へりくだって、泣く。

それが人だ。

秀吉は全身全霊、人であろうとしている。

小癪な奴だと思う。

が……。

光秀のように嫌いではない。

「御主、そんなに光秀が嫌いか」

「な、なにを」

「惚けるな」

地に伏したままの秀吉の頭に声を浴びせる。

「先刻の注進、なにが光秀の為だ。借りを返すじゃ。馬鹿も休み休み言え」

「へへへ」

両手を投げだし、躰を傾けたまま、頭だけを器用に上げて、秀吉は笑顔を見せた。先刻までのような屈託のない笑みではない。歪んだ頬に邪気が滲む、なんとも気味の悪い笑顔であった。

「儂にとって、いや織田家にとって、この一夜はこれより先の行く末を占う一夜になろう」

家臣たちが主命を全うし、比叡山に籠る者を皆殺しにできれば、天下は信長の真の姿を知ることになるだろう。

刃向う者は断じて許さない。

守護不入。平安（へいあん）の御代、我が意のままにならぬ物は無いというほどの権勢を誇った白河（しらかわ）上皇が、思うままにならぬと言ったのが鴨（かも）川の水と賽（さい）の日と、山法師。つまり比叡山の僧たちである。山法師が御輿を担ぎ、都へと強訴（ごうそ）に来る。すると上皇であろうと仏罰を恐れて、聞き入れなければならなかった。今なお、山門の権威は保たれ、戦で敗れた者を匿（かくま）い、信長の敵どもに加担し、政（まつりごと）へ介入しようとする。そしてそんな坊主どもを、武士どもも僧ならば仕方無いと見過ごしている。

仏罰を恐れるから。

極楽往生を果たしたいから。

片腹痛い。

一廉の武士であれば、多くの者を屠っている。仏罰を恐れるよりも、死者の恨みの方が余程恐れるべきものではないか。殺生はなにより重い罪なのであろう。ならば武士など誰一人極楽往生できるはずがない。

それでも人は仏を恐れる。僧を恐れる。みずからの死後の有り様を憂う。

しかし信長は違う。

容赦しない。仏であろうと、僧であろうと。

信長はみずからの死後の有り様など憂いていない。極楽になど行けるわけがない。

幼い頃に戯れに蛙を殺した。その時すでに、信長の地獄行きは決まっているのだ。

虫けらさえ殺したことのない者などいない。この世の者はすべて地獄行きである。

だから信長は比叡山を焼く。

日ノ本に住まうすべての者は、信長を恐れるだろう。信長に逆らう者は誰であろうと許されないということを痛感するのだ。

この一夜を境に。

「織田家の命運を決するこの一夜に、誰よりも働いた者を賞せぬ訳にはゆくまい。金柑はすでに宇佐山の守将をしておる。これ以上の褒美となると、もはや領地を与えねばなるまい」

秀吉は黙したまま聞いている。邪な笑みに歪む目の奥に、常とは違う煌めきがあった。

信長という主の力量を推し量っている。

小癪……。

だがやはり、秀吉という男には嫌悪の情は湧かない。器を推し量られているとわかっていながら、ならば存分に量ってみよと心中で胸を張っている自分がいる。

小癪な禿鼠に覇気を込めた声を浴びせかけた。

「皆が金柑に一目置いたその後には、領地を得た者に対する嫉妬が襲い掛かる。まして奴は織田家の臣ではない。金柑に対する皆の目は、これまでに増して厳しきものになるであろう。御主はそれを視越し、借りを返すなどと親切ごかしたことを申しながら、儂に先駆けを命じるように仕向けた」

「儂は本当に、明智殿のためになればと思う一心で」

「まだ言うか禿鼠」

今度はひれ伏しも退きもせず、肩を一度激しく上下させるだけで済ませた秀吉は、下卑たにやけ面のまま口を開こうとしない。信長は逃がしはせぬとばかりに、圧を込めた目で睨みつけたまま、床几から身を乗り出す。

「あの男は御主の小癪な策を見抜いた上で、それでもなお儂の命を甘んじて受けたのだ」

「まさか」

これには秀吉もさすがに驚いた。目を見開き、上体を逸らして主を見上げる。はったりであった。

いかな信長であろうと、光秀の底意は見抜けない。あの飄然とした物腰と心を面に出さない光秀の心の裡になにがあったのか。直接聞いたところで適当な答えが返ってくるはずもない。

秀吉の奸計を光秀は見切っていた。

漠然とだがそんな予感があった。だから禿鼠には確信めいた言葉で浴びせてやったのだ。秀吉もまた、光秀の本心を読めぬからこそ信長の言葉に動揺の色を見せたのである。己は器用にやった。あの男を貶めてやったと内心得意になっている禿鼠にとって、意想外の一撃であったのは間違いない。

「御主が己を貶めようとしていることを知りながら、先駆けを命じられるのを勿怪の幸いとし、進んで受けた。御主の好意を喜んでいるように見せてな。御主などより金柑のほうが何倍も役者が上のようだな」

「まさかあの虚ろな男にそのような真似ができるはずありませぬ」

この男にしては珍しく、己でみずからの奸計を暴露したことに気付いていない。それほど心に激しい荒波が立っているということなのだ。

光秀と相対し溜まった鬱憤を晴らそうと、信長は禿鼠の心を舌で揺さぶる。

「御主の申す通り、奴は織田家の臣ではない。どれだけやっかまれようと、嫌がらせをされようと、奴には細川家という戻るべき場所がある」

「しかしもはや細川殿は御館様の家臣同然でありましょう」

「だとしても奴にとっては、細川家の家人であるということが、織田家の者たちの嫉妬に抗しうる厚き壁なのだ」

秀吉を責めるために言葉を連ねているうちに段々腹立たしくなってきた。光秀という男の底知れなさに、秀吉以上の憎しみを抱きそうになる。

使える駒……。

そう心に念じ、悪念を断ち切る。

おもむろに腰を浮かせ、見上げる秀吉の面前に立つ。

「御主の奸計のおかげで、奴はまんまと城と所領を得ることになるのだ」

「ま、まだすべてが上手く行くとは限りませぬ」

「命じられたことはやる。それが金柑じゃ」

よどみなく己の口から出てきた言葉に、苛立つ。

光秀を信頼している己が腹立たしい。

食いしばった歯を鳴らして秀吉がうつむいている。

「悔しいと思うならば、あの男よりも一人でも多く坊主を殺すことだな。行け」

「は」

深々と頭を下げた秀吉は、苦虫を噛み潰したような面で立ち上がると、あっという間に消えた。

周囲に侍る近習に誰ともなく命じる。

「貝を鳴らせ」

それから間もなく、山を囲む全軍に対し法螺貝が鳴らされた。

比叡山の周囲で燃える松明が、じりじりとせり上がってゆく。兵どもが掲げる炎だけに留まらず、無数の塔頭を包む山の木々へと燃え移っている。一度、木に散った火は瞬く間に広がって人の足よりも速く山頂にむかって駆けてゆく。

喊声が上がった。

「金柑め」

光秀が布陣した辺りから、男や女の悲鳴が聞こえて来た。それは時を追うごとに激しくなり、瞬く間に兵たちの唸り声を掻き消すほどになった。

明智勢が起こした阿鼻叫喚の殺戮が、炎とともに次第に全軍へと波及してゆく。

光秀はやはり、下された命を今宵も果たした。

肆　明智十兵衛光秀

「もはや……」

そこで言葉を切って手にした器に口を付けた主の言葉を、光秀は黙したまま待つ。器のなかの茶をゆるりと飲み干してから、主は気品ただよう素振りで濡れたような光沢を放つ器を畳の上に置いた。

「この辺りが潮時であろう」

苦い物を吐くように眉根に皺を寄せる主の細い目に射竦められながら、光秀は返答を避けた。細川藤孝。己よりも六つ下の主である。細面な主の気の細やかそうな目が、膝下の器を見つめたまま動かない。

「弾正忠様は、すでに上様の企みを知っておられる」

年下の主がそう言って、空の器を手にした。両手で包むようにして眼前に掲げ、斜めにして回しながらじっくりと見つめる。大した茶器ではない。近頃流行りで、信長も殊の外執心しているから、ひと通り揃えたまでで、光秀自身は茶の湯にはそれほど興味はない。

上様の企み……。

それは幕臣である二人にとって、現在もっとも頭の痛い問題であった。将軍でありながら、信長の庇護の元にあることで思うように政を行えぬ義昭が、近隣の大名たちを焚き付けて、織田家を討滅せんと画策している。事は深刻で、近江、越前の浅井や朝倉だけではなく、遠い甲斐国の太守である武田信玄あたりまでもが、この謀議に参画しているというのである。

「上様にもほとほと参ったわ」

みずからが身命を賭してまで将軍の位に就けた男のことを、溜息とともに吐き捨てるようにして藤孝が言った。その声にはすでに信愛の情は籠っていない。

「今度の一件には某も関わっておりまする故、面目次第もござりませぬ」

言って光秀は頭を下げた。

義昭が信長との対立を決意したのは、比叡山延暦寺の寺領についての己との悶着であると光秀は思っている。

比叡山の焼き討ちの後、光秀は信長より近江国志賀郡をもらい受け、坂本の地に城を築いた。志賀郡の領主であるかたわら、都の奉公衆にも名を連ねる光秀は、延暦寺の寺領であった欠所地をみずからの管轄に置いた。もちろんこれは、私財とするためではなく、織田家ひいては将軍家のために使う銭を確保するための処置であった。

しかし、義昭はこれを不服とした。将軍家の陪臣でありながら、延暦寺の欠所地を私領にせんとする光秀の横暴であるとして、訴え出たのである。

この件に関し、信長は光秀の肩を持った。はなから義昭と争うつもりなどなかった光秀は、隠居して出家するとまで言って、義昭に頭を下げ、許しを得たのである。

訴えは取り下げられたが、義昭自身の鬱憤は晴れたわけではなかった。

「御主だけの所為でもあるまい」

藤孝が頬を引き攣らせながら、堅い笑みとともに言った。

「因果ならば、儂にもある」

二人きりの茶室。誰はばかることなく、主従は腹の裡を吐き出す。

「近頃、上様とはすっかり縁遠くなってしもうた。儂のことを裏切り者と思うておられよう」

信長より城と領地をもらった光秀同様、藤孝もまた、いまや織田家の臣同然の扱いを受けていた。藤孝はいま、近江と京を繋ぐ要衝に立つ勝軍山城の守将を務めている。

「御主はどうするつもりだ光秀」

器をふたたび畳に戻しながら藤孝が問う。口許に微笑を湛え、光秀は迷いなく答える。

「某はどこまでも細川様に従いまする」

言い終えると同時に藤孝が小さく鼻で笑った。

「御主はどこまで儂のことを主だと申すつもりか」

問われている意味がわからず、光秀は小首を傾げた。すると藤孝は、顔に不満の色をわずかに湛え、尖った鼻の頭を照れ臭そうに指先で掻いた。

「すでに御主は弾正忠様より知行を得ておるのだぞ。いまや御主のことを儂の家人だと思うておる者などひとりもおらぬ。織田家の出頭人。それが今の御主だ」

そこまで言われても、光秀は心底では理解できない。たしかに体面上は信長の臣のような立場にあるのは間違いない。だが、やはり光秀はどこまでいっても細川家の家人なのである。藤孝はもはや誰も光秀をそうは見ないと言っているが、違う。織田家のなかでも重く用いられている者ほど、光秀のことを細川家の家人、もしくは足利家の足軽だと見ているし、陰では悪しざまにそう罵っているということも耳にしている。

己は細川家の家人だ。

心中で言い切ることで、光秀は自分自身が何者であるかを確かめることが出来るし、織田の侍連中の悪口にも耐えていられる。

「某を見出してくださったのは細川様でありまする」

光秀の言葉に淀(よど)みはない。

藤孝がいなければ、己はいまも越前の門前町の片隅で暮らす牢人者であった。信長の正室との微(かす)かな縁程度しかない光秀をかたわらに置き、美濃への使者として使ってくれた藤孝がいてくれたからこそ、光秀はこうして一城の主になれたのだ。

根本を見誤ると、人は義を失う。義を失った者は、徳に見放される。城を得たごときで己を見失っていては、たちまち元の牢人に逆戻りである。血筋も受け継ぐような財もない光秀が転がり落ちるのなどあっという間のことなのだ。

「見出したという意味においては、上様も弾正忠様も同じであろう。御二人もまた、其方を見出し重く用いて下さった。儂だけのことではあるまいて」

「それでも」

「しつこい」

きっぱりと断ち切った藤孝の頬は緩んでいる。けっして怒りから断ち切った訳ではないのは光秀をとらえる温かな視線からもわかった。

「そういう生真面目なところは相変わらずであるな」

「物事には違えてはならぬ筋道というものがござりまする故」

「御主が違えておらぬことなど承知の上じゃ」

主は器を手にして光秀に掲げた。目を伏せながらそれを両手で受け取り、みずからの膝の上に乗せる。黒色に輝く器が、障子戸から注ぐ柔らかな陽光を受けてところどころ碧に輝く。

「上様の不興を買った御主が隠居して坊主になると申しておることを聞いた時、儂は肝を潰したぞ。御主なら弾正忠様に許しを得ずに頭を丸めかねんと思うたからな」

その通りであった。

己の隠居と出家程度で足利家と織田家の不和が解消されるのであれば安い物である。一城を得た。あくまで隠居である。明智家さえ存続させることができれば、家族が路頭に迷うこともない。牢人暮らしの時のような苦労をさせることはないのだから、頭を丸めることなど容易いことだった。

「そろそろ、御主もみずからの立場というものを弁えよ」

弁えるという主の言葉に違和を感じた。

光秀はこれまで一度として、みずからの立場を弁えぬ行いをしたつもりはない。信長の命に服していても、将軍の足軽衆を命じられた時も、つねに細川家の家人としてふるまってきた。細川家に、藤孝に恥じぬように、懸命に働いてきたつもりだ。

「怒っておるのか」

藤孝が笑う。

「近頃やっと、御主がなにを考えておるのかわかるようになってきたわ。笑っておるような顔をしておるから、なかなか心根が読み辛いが、なにも想うておらぬ訳ではないことは、儂は良うわかっておるつもりじゃ。が、それと顔色から機嫌をうかがうこととは別儀であろう。御主ほど顔に機嫌が出ぬ者に、儂は会うたことがない。上様はそのあたりのところが気に入らぬのであろうし、弾正忠様はそういう御主の顔に、ひとかたならぬ興味を示しておられる」

朗々と藤孝が語っているが、光秀は別のことを考えていた。怒っていると言われたことを、心中で反芻(はんすう)していた。

怒ってなどいなかった。いや、心が細波(さざなみ)を立てたのは間違いない。それを怒っていると藤孝が断じただけのこと。そうして自問しながら、やはり己はみずからの立場を弁えなかったことはないなどと、心の裡で頑迷に言い続けている。

「細川家の家人としての御主など、誰も知らぬと申したのを忘れたのか」

光秀の心を見透かしたように、藤孝は言ってこれみよがしに溜息を吐く。

「立場を弁えよと申したのは、細川家の家人としてではなく、近江坂本城の城主であり、志賀郡の領主である明智十兵衛光秀という一人の武士としての立場のことよ」

ふたつの差異が光秀には良くわからない。いや、言葉ではわかってはいるのだが、それを理として飲み下すことを心情が拒んでいる。

光秀にとって、細川家の家人である己と、坂本城と志賀郡の主は並立するのだ。なんなら織田家の臣と足利家の足軽衆すらも並立する。

そのすべてが重なって明智十兵衛光秀という男はできている。多くの立場を得てはいるが、己が芯であると位置付けているものが細川家の家人だというだけのこと。信長の命を受ける時は、織田家を最上に考え、足利の足軽衆として働く時は、義昭の機嫌を第一に考えた立ち回りをしているつもりだ。

「潮時じゃぞ光秀」

藤孝が膝を滑らせ、身を大きく乗り出した。先々代の将軍の側近として都で暮らし、武士としてよりも風雅(ふうが)の道においてその才を存分に発揮する主は、武張った行いを好まない。こうして不躾に他者との間合いを詰めるような真似は、本来忌み嫌う。もし、秀吉のような男に、主がこうして間合いを詰められたならと考える。嫌悪を面に出すような無粋な真似はしないだろうが、間違いなく頬に浮かぶ笑みに柔らかさはないはずだ。

「いかがなされました」

「黙って聞け」

藤孝が険しい顔でにらむ。膝をふたたび滑らせ、いっそう間合いを詰めてきた、たがいの膝と膝が触れ合うほどのところに座り、藤孝が顔を寄せてくる。これほど間近に主の顔を見たのは、はじめてのことだった。

戸惑い、目を逸らそうとする光秀を見据えたまま、藤孝は剣呑な声色で続ける。

「御主はもはや、細川家の臣ではない。故に儂に主従の忠を果たすこともない」

「しかしそれでは」

「御主が儂に恩義を感じてくれておるのは有難い。が、儂はすでに大きな恩を返して貰うておる。御主が岐阜へ行き、弾正忠様への使者を果たしてくれたが故に、儂は上様を将軍へと成しおおせた。上様がおられたからこそ、儂は織田家の命に服することができ、こうして織田家内で働けておる。すべては御主がおったればこそじゃ。その点で、もはや御主は儂への恩を返し終えておるのだ」

言った藤孝が、器を持ったままの光秀の手に己の掌を添えた。

「これより先、細川家と明智家の間に主従の別はない」

「細川様」

「これからは細川殿と呼べ」

「しかし」

「口応えは許さぬ」

主の威厳を湛えた声で言った藤孝は、束の間光秀をにらんでから、手をつかんだまま大声で笑った。

ひとしきり笑ってから、藤孝はぽんと光秀の手を叩いて、己の手をみずからの膝に据えた。

「主従の別はないと言っておきながら、主のごとき物言いであったな。許せ明智殿」

己を呼んだ藤孝の言葉に、言い様のない違和を感じ、光秀は声を失った。戸惑うかつての臣を前に、藤孝はふたたび笑う。

「儂の方が変わらねば、明智殿も変われはすまいな。気がつかなんだ。許してくれ明智殿」

「止めてくだされ。居心地が悪うござりまする」

「なにを申すか。今は戦国の世ぞ。臣が主を殺して国を盗むが世の理。主よりも先に城と領地を得ておきながら、今なお臣であろうとするなど、其方はどこまで面の皮が厚いのじゃ」

「そ、某は決して細川様を……」

「わかっておる。わかっておるわ。真に其方は不器用な男じゃな明智殿。ほほほほ」

口に手を当て、なおも藤孝は笑った。

「儂はの明智殿。其方の栄達が嬉しいのよ。弾正忠様は見る目がある。いや、其方を見出したのは儂じゃ。儂の目に狂いはなかった。そう思えるだけで、儂は嬉しいのじゃ。儂も明智殿に負けておられぬ。城を得、国を得る。それこそが武士の本懐ではないか」

藤孝が今度は荒々しく肩を叩いてきた。武士であろうと、みずからを必死に鼓舞しているように、光秀には見えた。

叩いた肩に手を置き、藤孝が光秀の躰を激しく揺さぶる。

「弾正忠様は我等の働きを見ておられる。そして、功には褒美を惜しまぬ御方じゃ。生まれなど関係ない。功を挙げた者には、それに見合った褒美で応えるのが弾正忠様の弾正忠様であられる所以（ゆえん）。それ故、御主は織田家の方々に抽（ぬき）んでて、この城を得た」

藤孝が単身勝軍山城を出て、坂本城を訪れたと聞いた光秀は、二人きりになれるところとして、城内の茶室を選んだ。

「儂も其方に負けぬぞ。かならず功を得て、城持ち大名となってみせる」

「細川様それは」

「藤孝でよい」

「そのような訳には」

「ならばせめて様付けはよせ」

「では、細川殿。もはや細川殿の心には、上様は」

「無い」

藤孝はきっぱりと言い切った。光秀の肩に手を置く、その日に惑いの色はない。

光秀にもわかっていた。

藤孝がとっくに義昭を見限っているということを。信長の臣として振る舞い、その将として働く。その決意は、藤孝の言動や信長と相対している様に如実に現れていた。

「もしや、上様が甲斐や越前にしきりに書を出していることを信長殿の耳に入れたのは」

「儂じゃ」

これも薄々わかっていたことではあった。かつての主を藤孝は売ったのである。もはや、義昭に利用するだけの価値がない。そう見極めた末の決断なのであろう。先々代の将軍、足利義輝が討たれ、都を逃れた藤孝は、義昭という男を見出し、還俗させて将軍へと盛り立てた。人を見るに敏なる男である藤孝は、己が将軍にした義昭ですら、いともたやすく裏切るのだ。

己の利にならぬ。

その一点において。

藤孝という男の、人の力量を見極める目は容赦がない。

そんな男に光秀は見出された。そして今、主従の別を捨て五分の間柄になるよう、望まれている。

果たして明智光秀という男に、それほどの価値があるのだろうか。義昭よりも優るだけの何物かが、己のなかに宿っているのか。

自信がない。

目の前の仕事を精一杯こなしてきただけだ。藤孝に美濃へ行けと言われ、信長との仲を取り持ち、義昭の足軽になれと言われたから、将軍の側に仕えた。信長からの命も、ただひたすら、十全にこなすことだけを考え、懸命に果たしてきたつもりである。

才などという明確な物が己の身中に宿っているかなど、わかりもしない。己が藤孝や信長に一目置かれるような存在であることが、不思議でならない。

だから、将軍を見限った藤孝に腹も立たなければ、軽侮の情も湧かなかった。己よりも多くの物が見えている藤孝には、光秀にわかり得ない事情があるのだろう。

義昭が信長の庇護なしには自立しえないということは光秀にもわかる。将軍の権威は織田家の武威によって支えられているのだ。信長の意向を無視し、諸国の有力大名に書状を送り、織田家を討伐せんと画策する義昭の行いはたしかに褒められたものではない。

しかし、将軍は将軍なのだ。

信長にしても、みずからの力だけでは諸国の大名を抑えきれぬとみたから、義昭を上洛させて、将軍に据えたのではないのか。足利将軍の権威を求めたからこそ、信長は義昭を利用したのではないのか。

謀略を弄したから討ち払うというのなら、はなから将軍になどせねばよかったのではないか。

たしかに義昭という男は、光秀の目から見ても信用に足らぬ者であると思う。みずからの命を投げうって働けるかと聞かれれば、出来ぬと即答する。

それでも将軍には違いない。そして、義昭をそんな立場に置いたのは、信長自身ではないか。

難しいことはわからない。わからないが、釈然とはしない。

「明智殿」

藤孝の声で我に返った。いつの間にか藤孝の細い躰は、光秀の側から離れ、元の座に戻っている。品性を感じさせる真っ直ぐに伸びた躰の上に乗る長い顔が光秀に向けられ、その尖った顎がやわらかく動き始める。

「上様を売った儂を、御主は軽侮しておるのか」

「決してそのようなことは」

言って首を左右に振る。

本心である。

が。

どこまで伝わるものか。

己の心根が、余人に伝わり辛いことを光秀は重々承知している。そして、このような繊細な会話の最中にこそ、その欠点は非情なまでに光秀を追い詰める。

藤孝の瞳の奥に猜疑（さいぎ）の色が宿っていた。しかし、光秀はそれ以上の抗弁はしない。なにか言い訳じみているようで嫌だったからだ。

細川と明智は主従ではないと藤孝自身が言った。ならば、追従の言葉で気に入られる必要もない。

家人であった頃から、取り入るような言葉を吐いた覚えもないのだが。

「儂が動かずとも、弾正忠様と上様の相克（そうこく）はもはやくつがえせぬ。みずからを討たんと謀（はか）った上様を、今度こそ弾正忠様は御許しになられぬであろう」

「義輝公のように」

光秀のささやきに、藤孝がはっと顔を上げた。

義昭の兄であり先々代の義輝公は、家臣であった三好三人衆と松永久秀の襲撃に会い自害して果てている。もし、信長が義昭を討つことになれば、その契機をつくったのは目の前の藤孝ということになる。

「儂が御耳に入れなんだら、弾正忠殿は機を逸することになられたであろう。が、それでも浅井朝倉には織田家は討てぬ」

「今度は武田がおりまする」

武田家の惣領、武田信玄がみずから大軍を率い、上洛を目指し三河へと進軍したという報せも入っている。

「武田は遠い。それに松平殿がしかと信玄を阻んでくれるはず」

三河の領主、松平元康は信長の盟友である。が、領しているのは三河と駿河の一部のみで、その力は織田家には遠く及ばない。

「果たしてそう上手く行きますでしょうや」

「御主はどちらの味方ぞ」

腹立たしそうに藤孝が問うてくる。

どちらの味方か。

信長か、それとも義昭か。

かつては手を取り合い、都に上った仲である。

信長は決して義昭をうとんじ続けてきた訳ではない。みずからのことを父と呼ぶ将軍が、己に近しい者に勝手に知行を宛がおうとも、諸国の大名に無断で御教書を乱発しようと、諫めるための書状を送り、必死になだめようとした。五ヶ条の規約を提示し、それを破れば、今度は十七条にものぼる異見状を送りつけ、なんとか義昭の行状を糺そうとしたのだ。

信長は決して義昭を嫌ってはいない。将軍として、己が望む行いに徹してくれれば、その座を奪うようなことはなかっただろう。

しかし義昭は、信長という男を疎んじ続けた。将軍にしてくれた恩など忘れ、みずからの思うままの政を為すことができない怒りのすべてを信長の所為にしたのである。

いずれの味方か……。

光秀は静かに心中の己に問う。

欲得など頭にはなかった。城と領地を与えてくれた信長の恩に報いるというのなら、己がいまここにいるのは義昭の御蔭という恩にも報いなければならない。義昭がいたから、藤孝は越前に来たし、光秀を拾ってくれた。義昭がいたからこそ、光秀は信長と出会うこともできたのである。

「光秀」

先刻までの丁重な呼び方ではなく、かつての臣を呼ぶかのごとき口調で藤孝が呼んだ。細波のように小さな皺のむれが、烏帽子の下の額を横切っていた。白い皮に刻まれたそれらが、小刻みに震えている。

「其方は迷うておるのか」

答えず、かつての主を見る。

「御主は弾正忠様に大恩があろう。それだけではない。もはや上様に付き従うておっても、利はないのだ。これより先、天下の政を為すのは弾正忠様をおいて他にはいない。そして、その弾正忠様が今もっとも目をかけられておられるのは、織田家の方々ではないのだぞ。御主ぞ、光秀」

「某にはそのような」

「このような時に謙遜などしても、なんの得にもならんぞ。儂を立てようとしておるのなら、御門違いもはなはだしい。その遜った姿は、人を怒らせるということがわからぬか。御主はもはや越前におったころの牢人ではないのだぞ。余人より下に己を置けば、置かれた者が哀れになる。そのような立場におるのじゃ。そして、そのような身になったのは誰のおかげか。弾正忠様であろう。御主は弾正忠様を裏切ることなどできぬのだ。もはや、御主の身は織田家に繋がれておるも同然なのじゃ」

これほど怒りに任せて藤孝がまくしたてるのを、光秀は初めて目の当たりにした。一気に浴びせ掛けられた言葉を噛み砕くことに必死で、返答することができない。いったい、なんと答えれば良いのか。

己が身はすでに織田家に繋がれている。

余人にはそう見えているのだろうか。今の今まで、己が主と信じて疑わなかった藤孝が言っているのである。藤孝にとって光秀は、とっくの昔に己が家人ではなかったということなのかもしれない。

「細川殿」

「なんじゃ」

慣れない怒りに躰が付いていかぬのか、頬を紅く染めながら、藤孝が肩を大きく上下させている。光秀は、目を逸らすように顔を伏せ、己が想いを素直に口にした。

「某はもはや、細川家の家人でも、足利家の足軽衆でもないのでしょうか」

「御主をそう見る者は少ない。見ておるのは、御主を悪しざまに罵る織田家の重臣連中のみぞ」

先刻の怒りの言葉が尾を引いているのか、藤孝が乱暴な口調でまくしたてた。藤孝が、己のことで腹を立ててくれていることが、嬉しくもあり恥ずかしくもある。照れ臭いから目を逸らしたまま、問いを重ねる。

「細川殿は、もう上様に御味方するつもりはないのでしょうや」

「ない。儂は織田家の臣として生きるつもりだ」

「御覚悟は定まっておられるのですね」

「うむ」

藤孝は信長とともに生きることを選んだ。

「この辺りが潮時ぞ光秀」

言ってふたたび身を乗り出したかつての主に目をやり、光秀は静かにうなずいた。

裏切った。

光秀が志賀に入り、明智家への従属を誓っていた山城の国衆(くにしゅう)たちが、義昭の誘いに乗って次々と反旗を翻(ひるがえ)した。

信玄が大軍を擁し甲斐を出たという報せが都にも伝わり、義昭は遂に織田家打倒の兵を挙げたのである。

義昭との戦になった時は、みずからの手勢として戦ってくれるはずだった国衆たちの離反に、一時は身動きを封じられた光秀であったが、そんな最中でも光秀、ひいては織田家に加勢してくれる桂の革島忠宣(かわしまただのり)をはじめとした国衆の助けを借り、琵琶湖西岸に位置する堅田に籠った敵を攻めた。

藤孝も勝軍山城を出て光秀に加勢してくれ、織田家からは丹羽長秀、蜂屋頼隆らが、南より堅田に迫った。

「矢を射かけよっ！　一軒たりと残らず焼き払うのじゃっ！」

揺れる甲板に立ち、光秀は兵たちに命じる。

野戦は織田勢に任せ、光秀は船団を率い堅田を囲んだ。湖から、敵を攻めるのである。

湖上の光秀たちを討ち払わんと、敵が岸辺の船に乗ろうとするところに、味方の兵が放つ矢が面白いように命中してゆく。近間の矢は研ぎ澄まされた鏃で、船に乗ろうとする敵を仕留め、遠間の矢は炎を上げて藁葺の屋根へと吸い込まれてゆく。

方々から黒煙が上がり、敵の喊声が湖上を撫でる風を伝って聞こえてくる。敵は湖面に浮かぶ船だけに集中することができない。地を駆け襲い来る織田の兵たちの猛攻にも抗わなければならなかった。

織田家の足軽たちの槍は容赦がない。武功を挙げれば低い身分の者でも城の主になれると知る兵たちは、死に物狂いで敵に殺到する。将軍の誘いに乗って織田家を裏切るような国人が伍せる相手ではなかった。

下賤な身から一城の主となる。

織田家の足軽たちから見れば、光秀は自分たちの夢を体現する存在であった。

己も光秀のように……。

各地から聞こえてくる織田家の足軽たちの猛々しい雄叫びは、船上の光秀の背を追う者どもの心の底からの咆哮であった。

今度の戦では、信長に命じられるよりも先に兵を挙げた。手をこまねいていれば、裏切った国衆に城を囲まれる恐れがあったという理屈は立つが、本意は違うところにある。

これより先、明智光秀と細川藤孝は、織田家に従う。

言葉よりも先に弓矢でもって、天下に宣言したのだ。

京近郊の国衆たちが次々と離反した時、光秀は心底から確信した。

すでに義昭は、己のことを臣だとは思っていない。それどころか、討つべき敵であると見なしているのだと。

この時裏切った者のなかに磯谷新右衛門尉という男がいた。この男の嫡男、千代寿が元服した折、光秀は名づけ親を務めた。それからまだ一年ほどの歳月しか経っていない。まさか、このような形で裏切られるとは思ってもみなかった。

もはや迷ってなどいられなかった。

己が誰の臣であるかなど二の次である。みずからにむけられた殺意の刃を退けるために、残された道はひとつしかなかった。

「岸へ寄せろっ！　我等も船を降りて戦うのじゃっ！」

堅田の地は味方の兵で満ちようとしていた。そのなかには細川家の九曜の旗もある。光秀より早く、藤孝は腹を決めていた。今度の出兵にも迷いはなかった。

将軍に弓を引く。

それを考えると、今なお光秀は心の奥にかすかな痛みを覚える。迷ってなどいられぬと、みずからを叱咤するのは、そんな脆弱な己を奮い立たせるためだった。

乗ってきた船が岸へと着いた。すでに敵の勢いはない。かすかに揺れる甲板を歩み、舳先から飛び降りる。湖の水が足首あたりまで濡らしたが、構わず歩んだ。腰の太刀を引き抜き、前だけをむいて一歩一歩進む。

味方が敵を求めて喊声の方へと駆けてゆく。褒美を求める群れは、前へ前へと進んでいる。後戻りなど考えてはいない。誰もがみずからの栄達だけを望み、褒美を求めて敵の姿を追っている。

己もそうだ。

どれだけ綺麗事を並べてみても、明智光秀という男は、目の前を行く者たちとなんら変わらない。越前での牢人暮らしなどに戻りたくはなかったし、いまの境遇を失うつもりもない。

ならば答えはひとつではないか。

迷うことなどない。藤孝のように綺麗さっぱり割り切ってしまう方が賢いやり方である。

己の主は織田信長以外にありえない。藤孝でも義昭でもない。

光秀に率いられた兵の群れから弾き出されるようにして、敵の旗を背負った足軽が、折れた槍を手に光秀の前にまろび出た。中程から折れた槍を両手に握りしめ、がくがくと震える穂先があらぬ方を向いている。怯えて目尻が下がった瞳は涙に濡れ、返り血なのかみずからの流した血なのか判然としない物で、顔を真っ赤に染めていた。

まだ若い。

四十六になる光秀の半ばほども生きてはいないだろう。

「ひぃ、ひぃ、ひぃ……」

息なのか声なのかわからぬ物を口から漏らし、光秀に気付いた若者が、刃毀(はこぼ)れだらけの穂先を向けてくる。

光秀を取り巻く近習たちが、若者に気付いて一斉に切っ先を怯えた顔に定めた。

ゆるりと右手を掲げ、近習たちの動きを制しながら、光秀の目は若者を捉えて放さない。若者もまた、大事そうに折れた槍を抱いたまま涙で濡れる瞳を光秀に定めて震えている。

右手の太刀をぶらりと下げ、光秀は己の半分も生きていないであろう敵に静かに問う。

「怖いか」

敵は答えない。

首だけを左右に振っている。

怖くはない。

そう伝えているのだろうが、全身がそれを否定している。

もうひとつ問う。

「儂が誰かわかるか」

「あ、明智……」

やっとのことでそれだけを言う若者は、背後で行われている殺戮(さつりく)を忘れ、目の前の光秀に心を奪われている。

「明智十兵衛光秀。聞いたことがあるか」

若者はうなずいた。

「これでも」

言いながら両手を大きく広げた。手にした太刀は殺気を留めず、若者から外れている。いっぽう、敵が胸に抱く槍は、頼りないながらも切っ先だけは光秀の顔にむかって伸びていた。

「首になれば、それなりの手柄になるのだ」

精一杯微笑む。

光秀の顔を見た若者の目が、わずかに怯えから逃れたように見えた。目の前の兜首の、戦場には似つかわしくない呑気な口振りに、若者はここが何処であるかを束の間忘れたようである。

「殿」

主の遣りように近習が堪らず声を投げた。光秀は聞き流し、若者に語りかける。

「ここで儂を仕留め、首を持ってゆけば、それなりの褒美をもらえよう」

敵の大将である義昭は、光秀のことを憎んでいる。かつての臣でありながら、信長に尻尾を振り、城と領地を得た裏切り者のことを、なにがあっても許さないだろう。

「殺(や)ってみるか」

両手を掲げたまま、ずいと踏み出し、若者との間合いを縮めた。

「殿っ、御戯れは」

近習の声が剣呑な響きを放つ。

光秀は聞かずに笑ったまま、もう一歩前に進んだ。

「儂と巡り合うたのは御主の運である。活かすも殺すも御主次第じゃ」

折れた槍であるが、精一杯突き出せば、光秀の胴に届く。それでも若者は柄を両手で抱きしめながら震えている。

「御主の運と儂の運。果たしていずれが勝っておるか」

「殿っ！」

「黙って見ておれっ！」

日頃、滅多なことで怒りを露わにしない主の大声に、近習たちが驚き口をつぐんだ。光秀はそんなことに構ってやるつもりはない。目の前の若者との逢瀬(おうせ)に、精魂を傾けている。

両手で若者を抱きしめるかのように、また一歩近づく。すでに太刀の間合いに入っている。右手を振るえば、怯えて穂先を突き出せずにいる若者の首は地に落ちる。

「どうした。震えておっては儂は殺せぬぞ。御主もこうして戦場に立っておるのだ。一軍の将になりたい。一国一城の主になりたいという望みを抱いておるのであろう」

「ひぃひぃひぃ」

食いしばった若者の歯の隙間から悲鳴にも似た声が、荒い息とともに吐き出される。瞼(まぶた)に溜まっていた涙はすでに零れ出し、頬で乾いていた血を洗い、朱色の滴(しずく)となって顎を伝って落ちてゆく。

「さぁ、どうした。御主の運と儂の運。いずれが勝っておるか試してみようではないか」

「わ、儂は」

「ん」

若者が泣きながら言葉を絞り出した。

両手を広げたまま、光秀はこれみよがしに首を傾げてみせ続きをうながす。

「儂は侍になんかなりたくねぇ。城も欲しくねぇ。ただ、戦を呼ぶ信長が許せねぇだけだ」

「戦を呼ぶだと」

徒歩(かち)風情には事の実相など見えていないのだ。戦を呼んでいるのは義昭のほうである。将軍みずからが、みずからを救い上げてくれた信長を嫌い、敵を畿内に呼び込もうとしているのではないか。

しかしそんなことを聞かせてやっても、若者にどれだけ伝わるだろうか。城を欲せず、侍になろうとすら思わない者に、なにを語っても無駄ではないか。

「そうか。御主には儂の首など無用のものか」

想いよりも先に吐き出された言葉に、光秀は胸を突かれた心地がして息を呑んだ。武士としての栄達など、見方が変われば意味のない物なのである。目の前の若者にとって、大将の首と足軽である己の首に価値の隔たりなどないのだ。むしろ、己の首のほうが、みずからの命の源泉であるだけ、大事なくらいであろう。

名を惜しみ、武功のためなら我が身すらも投げ出す。そんな武士の道理など、目の前の若者には通じない。己を戦に駆り出した侍が口にした道理を愚直に信じ、震えながら戦場を駈け巡った挙句、いくつかの偶然が重なって、いま光秀の目の前に立っている。ただそれだけのことなのだ。

「礼を言う」

光秀は優しく語り掛ける。言葉の真意が読み取れず、若者は涙で頬を濡らしたまま戸惑いの表情を浮かべる。

構わず光秀は続ける。

「御主のおかげで腹が決まった。所詮、儂の懊悩など、御主にしてみれば詮無きことなのだな。いわば儂は、儂の定めた枠に囚われ、ひとり苦しんでおっただけなのだな」

無知で蒙昧な若者には、思索を重ねた末にたどり着いた光秀の言葉には相槌すら打てはしない。

悠然ともう一歩間合いを詰める。すでに手を伸ばせば触れられるところまで近付いた。

「運の優劣などもはや求めぬ。儂を斬らねば、御主は死ぬ。それでもそうして震えておるつもりか。生きたければ抗え。それしか道はないのだぞ」

丹田に溜めた気を言葉に混ぜて、目の前の若者に注ぐ。

瑞々しく尖った若い喉が上下した。

穂先の震えが止まる。

「そうだ」

優しくうなずいてやる。

「きぃやぁぁぁぁっ！」

怪鳥が木々から飛び立つような禍々(まがまが)しい響きをもった声を喉からほとばしらせて、若者が穂先を思い切り振り上げた。

光秀はゆるやかに歩み、右手だけで握った太刀を最小の動きで突き出す。

槍を振り上げたままの若者の喉に、鈍色(にび)の棘が吸い込まれてゆく。

太刀を中程まで突き入れる。

骨を断ち、首の後ろから出たのを柄伝いに感じ、しずかに引いた。

力を失い倒れる若者を避けるように、身をひるがえし、光秀は笑う。

「儂を殺しても、近習どもが許しはせぬ。ここに来た時、すでに御主の運は尽きておったのだ」

骸(むくろ)に目をむけず、光秀は語り、そのまま歩きだす。

すでに戦の声は遠くなっていた。

堅田での光秀たちの勝利によって、畿内での争乱は収束に向かっていった。一時は大軍を擁して上洛してくるのではないかと噂されていた朝倉勢も、畿内が織田家によって抑えられると動きを封じられた。そんな最中、信長は和睦を拒む義昭の態度に怒り、御所の周辺に火を放つ。

上京を灰燼に帰した。

正親町天皇の調停によって、両者はいったん和睦したものの、義昭は信長の征伐を諦めていなかった。そんな時、上洛を目指していた信玄が陣中で病没し、武田勢が国許へと退去するという変事が勃発する。

最大の後見者を失った義昭は、二条御所を側近の三淵藤英らに任せ、みずからは三千七百の兵とともに宇治真木島城に入った。

信長はすぐに上洛。二条御所を手中に収めると、義昭の籠る宇治真木島城を取り囲んだ。

「堅田では良う働いたようだの」

猜疑の色を絶やさぬ目で上座からねめつける信長を、光秀は下座からうかがっている。

幔幕に囲われた陣中。信長の本陣であった。

攻める宇治真木島城には、かつての主ともいうべき男が籠っている。

「いまも和睦の交渉は続けておりまする。公方様もじきに音を上げることになりましょう」

光秀の隣で藤孝が言った。信長の前にこうして並ぶことに、光秀はもはや違和を感じなくなっている。我等は織田家の臣である。そう信じて疑わない藤孝の挙措が、光秀の後ろ暗さを払い除けてくれていた。

「ここまで我の強き御方であったとはな」

床几に腰をかけ、拳に顎を乗せながら信長が言った。それを受け藤孝が続ける。

「公方様は昔から一度こうと御決めになられると、梃子でも動かぬ御方でありました。しかし、力を前にすると弱い御方でもあらせられました」

「威しには弱いということか」

「はい」

笑って藤孝がうなずく。かつての主を弁護するような素振りは一切ない。長年側で見て来た義昭という男を、いまの主に無遠慮に披瀝してみせる。

「御館様も幾度も目の当たりになされておられましょう」

「たしかに儂が兵とともに威してみせると、へらへらと笑って許しを乞うて参った。幾度も幾度もな」

「今度もまた、公方様は頭を垂れられましょう」

幾度も信長に頭を下げてもなお、義昭はこうして刃向っている。心底から屈服していない証拠ではないかと光秀は思う。

義昭は武士の惣領ではあるが、心根は公家なのである。

鎌倉以来、武家の力に幾度も頭を垂れながら、いまなお帝の陰に隠れ朝廷に蟠踞している公家の姿と、信長に幾度もひれ伏しながら、策謀を止めない義昭の姿が、光秀の脳裏で奇妙に重なる。

「どうした金柑」

信長の声が光秀の思惟を破る。伏せていた目をわずかに上げて、主の顔を下から仰ぎ見る。

「言いたいことがあるのならはっきりと申せ」

隣で藤孝が光秀をうかがっている。疑いや嫌悪の情は感じられない。光秀を心からおもんぱかっているという温もりの籠った眼差しであった。

信長の言葉に甘え、想いの丈を舌の上に乗せる。

「今度ばかりは、義昭めの我儘を許してはなりませぬ」

「義昭め……」

驚きが思わず口から零れ出たというように、藤孝が光秀の言葉を繰り返す。上座の信長は、あえて厳しい言葉を選んだ光秀の意図を推し測りもしていないかのごとく、口許をやんわりと吊り上げ、拳に顎を乗せたまま厳しい視線のみで、続きをうながしている。光秀は主の無言の命に従い、口を開く。

「御館様が幾度お許しになられようとも、義昭めは恩義に感じることもなく、幾度も逆らいまする。このあたりが潮時にござりましょう。将軍を頂に据えぬ政を、御館様の手で行うべき時が来ておるのです」

「金柑」

「は」

「やっと儂を御館様と呼んだな」

義昭に対しての考えなど、どうでも良いとばかりに信長が嬉々として言い放った。拳に置いた顎の上で、薄紫の唇が喜悦に歪んでいる。

「義昭は捨てたか」

「はい」

「では藤孝は」

言って信長が隣を見た。光秀は藤孝のほうを見ることも無く、しずやかに答える。

「ともに御館様を盛り立ててゆく同朋にござりまする」

「御主はそれで良いのか藤孝」

「御館様の元でともに働いてゆこうと申したのは某にござりまする。明智殿は、頑なに拒まれましたが、今はこうして並んでおりまする」

「此奴(こやつ)は城を貰ってもなお、御主が主であると儂に抜かしておったのだぞ」

「それは」

藤孝は笑うしかないようだった。

「金柑」

苦笑いの旧主をそのままにして、信長が光秀に覇気を浴びせる。悠然とそれを受け止めながら、微笑を常とする顔を今の主にむけた。

「義昭は許してはならぬと申すか」

「いずれまた、御館様の手を煩わすことになりましょう」

「一度捨てると決めると、容赦がないのぅ御主は」

嫌らしく口角を吊り上げ、信長が下卑た笑い声を上げた。

光秀は、肥えて脂(あぶら)ぎった義昭の顔を脳裏に思い描く。たしかに光秀は、義昭のことを主であるかのごとく振る舞ってはいたが、藤孝をこそ真の主であると心に定めていなければ、耐え切れるものではなかった。

義昭は人の上に立つ器ではない。それは、頭を下げていたころから変わらぬ想いである。信長の臣になったからといって心変わりしたわけではない。

光秀の真心は余人には伝わらないし、光秀自身も伝えることを半ば諦めている。元々、義昭のことを主と見ていなかったなどと、口走ってみても、信長に対するこれみよがしの追従にしか聞こえないはずだ。

ならば。

口走るだけ無駄である。

「しかしすでに和睦の交渉は進んでおるのであろう」

口をつぐんだ光秀から藤孝へと目を移して信長が問う。かつての将軍の重臣は、細い目鼻を付けた細長い顔をかくりと上下させ、今の主君に告げる。

「この情勢にござりまする。公方様も受けぬ訳にはいきますまい」

「そういうことじゃ金柑。和睦の交渉をしておるなか、将軍を攻め殺すなどという騙し打ちはできぬぞ」

「所詮、義昭の和睦など心底からのものではありませぬ。一度、和を結び、都より追い払ってから、遠国へと追えばよろしかろうと存じまする」

「さすがに御主も殺せとは言わぬか」

嬉しそうに言った信長が床几を蹴って立ち上がった。

甲冑を鳴らしながら、信長はずかずかと大股で光秀へと近づくと、目の前でしゃがみこんだ。

息が触れ合うほどの間合いで、二人の視線が交錯する。

「儂が役に立たぬと思うた時は、義昭のように捨てるか」

「そのような時が来るはずはござりませぬ」

義昭と信長では器が違う。この男は誰の手も借りずに、みずからの手で道を切り開く。この男を支えていれば、光秀の道も開けるという確信にも似た実感がある。

「御館様は天下を御取りになられる御方」

「天下か」

「はい」

揺るぎない意思を瞳に込めて、信長を見据える。

「金柑」

「は」

「御主は誰の臣じゃ」

「織田弾正忠信長様の臣にござります」

主の顔を避けるようにして、深々と頭を下げた。その首を熱い掌が覆った。頭を上げることを許さぬというような強烈な力が、掌に籠っている。光秀はなされるがまま、頭を下げ続ける。

「御主は儂の物じゃ金柑。そのことを良う覚えておけ」

「ははっ！」

腹の底から声を吐く。

我が主、織田信長……。

心中に響いたそれは、光秀にとって、ただの言葉でしかなかった。

その後、義昭はまだ二歳の我が子を信長に人質として差し出し、都を離れた。和泉(いずみの)国若江(くにわかえ)、紀伊(きい)と流れ流れ、安芸(あき)の名門、毛利(もうり)家の庇護を受け、鞆浦(とものうら)に入った。

ここに足利幕府の権威は完全に失われたのである。

この一事に際し、光秀の心には細波ひとつ立たなかった。

伍　織田弾正忠信長

これまでに無いほどの大勝であった。

眼前に並べられた一騎当千の武田の強者たちの首を眺めながら、織田弾正忠信長はみずからの勝利を実感していた。

盃のなかの酒を幾度干しても、いっこうに酔いがまわらない。それは、左右に控える男たちも同様のようで、誰もが目の前の青黒い首の群れを神妙な面持ちで眺めている。

三河の徳川家康と甲斐の武田勝頼(かつより)の間で繰り広げられていた長篠(ながしの)城の攻防の後詰として、みずから兵を率いて設楽(したら)ヶ原(はら)に布陣した。長篠城を包囲していた武田勝頼は、わずかな兵を城に残し、信長と対陣するように軍勢を進め、この地で野戦となった。

長篠城を攻める別動隊により城の救援をし、城の解放とともに城内の兵と糾合して勝頼たちの背後を突く。別動隊の急襲を待つためにも、馬防柵(ばぼうさく)で敵の侵攻を防ぎながら、矢玉を降らせる籠城同然の戦いを選んだ。

　これが面白いほど功を奏した。

　別動隊の急襲を受けた勝頼の本陣は撤退を始め、それを助けるために武田の諸隊は柵を破ってこちらの本陣を狙う。堺から取り寄せた火薬と玉を、彼等に容赦なく浴びせ、山県昌景、内藤昌秀ら、武田の重臣たちの多くを討ち果たした。勝頼は逃がしたものの、武田勢の殿を務めた馬場信春をも討ち果たし、存分の戦功を得ることができた。

　山県、内藤、馬場を筆頭に、首実検を終えた多くの侍の首とともに戦勝の宴が催されている。

　盃のなかの酒がかすかに揺れていた。松明の炎に照らされて橙色に輝く水面が、手の震えに呼応して波立っている。

　薄氷を踏むような勝利であった。

　もし、別動隊が敗れていたらどうなっていたであろうか。

　武田の兵の精強さは、天下に鳴り響いている。馬防柵の背後に隠れたままで、いつまでも耐えられるような敵ではない。

　背後を襲われた勝頼が退かなかったら。

冷静に別動隊を迎え撃ちこれを粉砕。勝利の勢いに乗り、そのまま全軍で柵に殺到していたら。

耐えられたかどうかわからない。

いったいあとどれだけ、このようなぎりぎりの勝利を重ねなければならぬのだろうか。

桶狭間で今川義元を討ってから十五年。いまだ領国は敵に囲まれ、静謐とは言い難い。

将軍を都から追うとすぐに、朝倉と浅井を滅ぼした。越前と近江の懸念の大半は去った。越前ではいまだに国衆の争乱が続いているが、それもじきに平定する。

将軍を追い、両家を滅ぼしてから二年。

今度は武田に大勝した。多くの重臣を失った武田家が、往時の精強さを誇る兵を育てあげるまでには時がかかるだろう。武田家が力を取り戻すまでに、なんとか滅ぼしてしまいたいが、とりあえず目先の脅威は去ったといえる。

それでもまだ敵は多い。

大坂では本願寺との戦が続いているし、彼等を海上から助けている周防の大大名、毛利がいる。毛利と戦をしようにも、まずは小寺、宇喜多ら播磨の国衆たちをなんとかしなければならない。

丹後、丹波もまた、信長の頭を悩ませる。丹波の国衆たちは、丹波国の守護代として国内に影響力を持つ内藤貞弘と宇津氏を中心として、信長への服属を拒んでいた。

紀州雑賀の者たちも信長に従うことを拒んでいる。

どこもかしこも敵だらけだ。

それでも……。

あの、武田家に大勝した。

この事実が天下に轟けば、敵のいくつかは観念するかもしれぬなどと、淡い期待を抱きもする。

戦場に立っている時は、こんな弱気は頭から綺麗さっぱり消え果ててしまっているのだが、こうして敵の首を前にして勝利を実感すると、先のことが頭を埋め尽くしてしまい、己でも知らぬうちに手が震えてしまうのだった。

「御館様」

掌中の酒を見つめていた信長に、穏やかな声が触れた。盃を握る手に力をこめ、震えを押し殺して顔を上げると、禿げた頭を烏帽子で包んだ細面の光秀が、片膝立ちのまま酒壺を抱えて笑っていた。

「金柑か」

「はい」

この男の常の微笑にも慣れてきた。心中が見透かせぬことへの苛立ちも、ずいぶん薄れている。義昭を都から追い、この男が己の物になったことで、些細な怒りは消え去ったのだと思う。

「今度の戦での勝利、祝着至極に存じまする」

言って酒壺を差し出してくる。残っていた盃の酒を干して、酌を受けた。

「そちも御苦労であった」

「某はなにもいたしておりませぬ」

今回の戦では目立った働きはなかったが、この男の兵の統率や命を速やかにこなす手並みは、どんな時でも際立っている。なにをさせても、信長の癪に障るような動きは絶対にしない。その意味では、まだ秀吉の方が才に勝ち過ぎ、度々信長の目から見て、窘めなければならぬと思うことがある。

いずれにせよ、今なんの心配もなく信長がどんな仕事でも任せられる者は、光秀と秀吉以外にいなかった。

柴田勝家や丹羽長秀などもいるが、勝家は戦場でしか使い物にならぬし、長秀は何事もそつなくこなすのだが、才を誇り過ぎて癪に障る物言いをすることがある。

長秀ほどではないが秀吉にも、才をひけらかすようなところがあり、こちらは長秀のように苛立ちはしないが、目には付く。そう考えるとやはり、光秀こそが最上であろうと信長は思う。

「金柑」

「は」

「岐阜に戻るとすぐに、其方にやってもらいたいことがある」

「なんなりと」

空になった盃にふたたび酒を注ぐ光秀は、命の内容を問うような真似はしない。どのような命であろうと、こなしてみせるという自信のためか、はたまた興味がないのか、心根がうかがえないから、信長にはその理由まではわからない。

「丹波で儂に逆らう者たちを屈服させよ」

「承知仕りました」

声音（こわね）を微塵も揺らさず、淡々と答えた光秀は笑みを絶やさずうなずいた。

「丹波を平定した暁には」

朱塗りの盃に唇を付け、酒を口中に流し込む。

この酒に毒が入っていれば……。

ありもしない不吉な想いが頭を過る。光秀は常の笑いを浮かべたまま、主の言葉を待っていた。

　この男はすでに己の物だ。

　みずからに言い聞かせる。

　盃を干し、ちいさな呼気をひとつ吐いてから、薄笑いの腹心に言葉を投げた。

「丹波の地は御主にやろう」

「必ずや丹波を織田の旗一色に染め上げてみせまする」


　近江安土(あづち)の地に城を築いた。

　琵琶湖を西方に望む安土山の頂に、五層七階の天主を築き、裾野(すその)へとむかう斜面には家臣たちの屋敷地を設(しつら)え、山の周囲に城下町を築き商人たちを呼んだ。岐阜に次ぐ、信長の新たな拠点であった。

　八角の屋根の上に乗った最上階にわざわざ光秀を呼んだ。

　丹波攻略を命じて七カ月程が経っている。その間に光秀は明智十兵衛光秀から、惟(これ)任(とう)日向守(ひゅうがのかみ)光秀と名を変えていた。

長篠での勝利からひと月ほど後、誠仁親王より信長本人の官位昇進の打診があった。信長はこれを辞退。代わりに都での政に深く関わる家臣たちの叙任を願い出た。これによって光秀は、従五位下日向守となり、名を惟任と改めた。この時、光秀とともに叙任を受けた、丹羽長秀は名を惟住、塙直政は原田、梁田広正は別喜と改めている。

「今度の一件は某の不徳の致すところにて、言い訳の仕様もありませぬ」

深々と頭を下げて光秀が言う。珍しく声が重い。慚愧の念が滲んでいる。藍色の素襖に身を包み、黒い烏帽子を床板に付けんばかりにして平伏する姿を、信長は胡坐のまま見下ろす。

壁を金箔で覆った最上階には、二人と背後の小姓以外に誰もいない。気位の高い光秀に対する配慮である。

「悔いたところで仕方あるまい。裏切りなど誰にも見通せぬ。とにかく御主が生きて帰ってきたのだから、それで良しとしようではないか」

「有難き御言葉……」

光秀が声を詰まらせる。

丹波攻めは失敗に終わった。

守護代として丹波の国衆たちの主導的立場にあった内藤貞弘を、その居城である八上(やがみ)城から退去せしめた光秀は、貞弘とともに織田家への反抗を率先してきた宇津氏の征伐へと向かう。しかし、信長は一向宗門徒により混乱する越前国の収拾のための出兵を決め、これに従軍させるために光秀を呼んだ。結果、宇津氏の征伐は織田家に与する国衆たちに託されたのだが、これが失敗に終わった。

越前の混乱が収束し、ふたたび宇津氏征伐のために光秀を差し向けようとしていた矢先、但馬(たじま)の山名佑豊(やまなすけとよ)から救いを求める使者が到来した。丹波国黒井(くろい)城の主、荻野直正(おぎのなおまさ)が国境を越えて佑豊の領内を脅かしているというのだ。佑豊の肩を持つことで、但馬国内にも影響を及ぼすことができると見た信長は、これを承諾。光秀に黒井城攻めを命じたのである。

光秀は丹波の国衆とともに、黒井城へと進軍。この報せを受けた直正は、但馬から兵を退いて籠城の構えを取った。

「しかし敗北は敗北。いかなる責めも受けまする」

言った光秀は、顔を上げようとしない。指先すら動かすことなく、粛々(しゅくしゅく)と主の言葉を待っている。

新築の天主に、瑞々(みずみず)しい木の香りが満ちていた。普請を命じた惟住長秀の仕事は、すべてに抜かりない。城の出来に、信長は満足している。

天下布武。

武によって天下を布すという志を言葉にしたものだ。信長の印章に用いている文言である。清洲、小牧山、岐阜と居城を変えてきたが、これが最後の城となる。都ではなく、ここ近江の地から、信長は天下を統べるつもりだ。足利のように都に居を構えず、流通において都の首根っこをつかむことのできるこの近江の地に腰を据え、帝や公家と距離を置く。都の妖物どもが不敵な真似をしたら、すぐに琵琶湖の水運を止め、都の物資を枯渇させる。欲に忠実な公家どもは、すぐに音をあげ、信長にひれ伏すだろう。

「面を上げよ」

腹心に穏やかに告げる。

まったく腹を立ててはいなかった。光秀には毛ほどの落ち度もないと心から思っている。

丹波の国衆たちを率い、黒井城を囲んだ光秀の勝利は揺るぎ無いものであるかに見えた。

しかしここで、意想外の事態が出来する。

丹波の国衆、波多野秀治が陣中にて突然反旗を翻した。波多野氏は、守護代、内藤氏と丹波の覇権を賭けて争うほどの有力国衆である。その棟梁である秀治の謀反に、味方は壊滅状態に追い込まれ、光秀は命からがら近江国坂本の己が居城まで逃げ帰ったのであった。

敗戦からひと月。

すでに敗戦の報せは受けていたが、新たに築いた安土の城に光秀を呼び、改めてその口から経緯を聞いた。

「面を上げよと申しておろう」

「は」

二度うながされ、光秀はやっと顔を上げた。いつもは白い顔が、今日は青い。口許にうっすらと笑みが滲んでいるのは、常のものだからである。

「儂は其方を責めるつもりはない。波多野が裏切るなど、儂にもわかりはせなんだわ。越前で、長政に裏切られた時のことを思い出してみよ。儂も生きるために、其方たちを残して逃げたではないか」

どれだけ思いやった言葉を投げてやっても、光秀の青ざめた顔に赤みが差すことはない。伏せた目は主を見上げることもなく、無念に打ちひしがれている。

思えば、この男がこれほど明確に事を仕損じたのははじめてのことではないか。どのような時も十全を目指し、それに近しい結果を残してきた男である。だからこそ、他家の者であったころから、城と領地を与えもした。それに見合うだけの働きを光秀は常にしてきたのである。

だからこそ。

信長が許そうとも、光秀自身が己の失態を許せないのだ。

「悔やんだところで、昔は戻って来ぬぞ金柑」

「そのようなことは、わかっておりまする」

己よりも六つ年嵩の腹心は、不服を言葉にした。光秀にしては珍しい心が滲む言葉に、信長は思わず口許を緩めた。

「其方は責めを負いたいのか」

「戦に敗れ、御館様より御預かりしている兵を多く失い申した。責めを負うのは当然のことにござります」

坂本の地は光秀に与えた。つまり光秀が率いる兵は、己が領内より集めた者たちなのである。預かっているという言葉が出たということは、光秀は心底からそう思っているということであろう。

律儀過ぎるにもほどがある。

信長は幾分呆れ顔で、真面目一本槍な腹心を叱咤する。

「今度の件で儂は其方を責めん。責めんと言ったら責めん。丹波はいったん置いておけ」

「兵を整え、丹波の国衆たちを糾合いたし、すぐにでも波多野を攻めようと……」

「御主にはやってもらいたいことが山ほどある。おそらく近いうちに本願寺が兵を挙げよう。そうなれば戦は避けられぬ。御主は大坂の地を囲む付城を藤孝とともに作れ。それだけではない。紀州雑賀も許さぬ。良いか。御主は丹波のみを考えておれば良い男ではないのだぞ惟任日向守光秀。敗けたことなど今日で忘れろ。明日からはまた、忙しき日々が待っておる」

「御館様」

「わかったら、さっさと国許に戻って支度せい金柑っ！」

「はは」

少し、光秀の顔が明るくなったように見えた。

月日は恐ろしいほどの速さで遠ざかってゆく。

安土に城を築いて二年が経った。

目まぐるしい争闘の日々に信長は埋没している。

二年前にはじめた本願寺との戦はまだ続いていた。本願寺との戦において、海上より敵を支援していた毛利とも衝突。両家の関係は険悪なものとなった。

本願寺との戦を続けながら、信長は紀州雑賀を攻める。こちらはひと月の戦の後に雑賀を屈服させる形で和睦を果たした。

敵と相対するだけでも忙しいというのに、大和国信貴山城の松永久秀が反旗を翻した。こちらもふた月ほどで久秀を討ち取り収束させたが、天下の名品と呼ばれた茶器、平蜘蛛が久秀とともに灰燼に帰したのだけは、信長にとっては痛恨事であった。

毛利との決戦を見据え、秀吉を播磨、但馬方面へと進軍させた。秀吉の見事な懐柔によって、ふた月という驚きの速さで、播磨と但馬の侍たちは織田家に屈した。

が、ここで変事が起こる。

一度は秀吉に屈した播磨の国衆、別所長治が反旗をひるがえした。これに続かんと播磨の国衆たちが次々と織田に背く。これに乗じ、毛利も兵を挙げて東へ進み、播磨国上月城を前線として秀吉と睨み合う形となった。

本願寺、毛利。そして北国では上杉家が信長への敵意を露わにする。信長はこれに抗するため、家中一の強者、柴田勝家を加賀へと差し向けた。

東西各所で厳しい綱引きが続くなか、信長は光秀に二度目の丹波攻めを命じた。

光秀は長岡に名を改めた藤孝とともに、守護代、内藤定政が寄った亀山城を攻めた。定政が病で死した後のことである。三日で城を落とした光秀は、ここを拠点として、ふたたび丹波攻略をめざす。

光秀は次の標的をかつて苦渋を舐めさせられた波多野秀治の居城、八上城に定め、これを囲んだ。

光秀は攻囲を家臣の明智光忠に任せ、己はいったん坂本城へと戻った。

そんな最中。

織田家を揺るがす変事が到来したのであった。

「目を背けておっても始まりませぬ」

都に呼び集められた家臣たちのなか、光秀が声をあげた。普段、冷静な男の厳しい声に、都での信長の宿所である本能寺に集った男たちが息を吞む。そのなかには家臣に戦線を任せ、急遽舞い戻った秀吉の顔もある。誰もが、これまで見たこともないほどの悲愴な面持ちであった。呼び集めた信長自身が、己でもわかるくらいに面の皮を強張らせているのだから仕方がない。

「荒木村重の謀反は間違いありませぬ」

摂津国有岡城を任せていた重臣、荒木村重が突如として裏切った。

「摂津は京、近江と播磨、但馬の交通の要衝にござる。このままでは我等は村重に後背を衝かれまする。別所長治、そして今度の村重の謀反。我等は西より到来する毛利によって東西より押し潰されてしまいまする」

泣きそうな顔で秀吉が言い募る。集った臣のなかで村重の謀反によって一番の窮地に立たされたのが、この禿鼠であった。順調に播磨の国衆たちを籠絡し、毛利との戦いに臨もうとしていた秀吉であったが、播磨の国衆、別所長治が反旗をひるがえし、いまは長治の籠る三木城への対処に苦慮している。長治の謀反を受けて、神吉、櫛橋などの播磨の国衆たちまでが離反し、毛利と戦う段ではなくなっているなか、村重の離反によって背中までも脅かされているのだから、泣き顔になるのも無理はない。

秀吉が言う通り、信長が村重に任せていた摂津の地は、いま織田家が精力を傾けている西方戦線と、本拠である京、近江とを画する地であった。言うなれば、織田家の版図の急所に鋭い針を刺されたようなものである。このまま見過ごしていたら、じわじわと腹中より肉が腐って、全身に毒が回り、織田家は裡から滅びることになるだろう。

しかも摂津のそばには長きに渡って戦い続ける本願寺の本拠、大坂城がある。村重の謀反は、十中八九、本願寺と毛利に内応してのことである。

村重謀反の報せを受けた信長は、すぐさま松井友閑と光秀を村重の居城、有岡城に派遣し、己は都に上った。友閑と光秀の帰還とともに、信長は本能寺に家臣たちを集めたのである。

「よもや村重が」

か細い声が己の口から零れ出すのを、信長は抑えようがない。

摂津の国衆、池田知正の家臣であった村重に、信長は秀吉や光秀に感じたのと同様の才の閃きを見た。長正から引き抜き、直属の臣として働かせ、義昭との戦の折にも村重は存分に戦った。摂津一国を村重は己が力量で制し、信長はこれを彼に任せた。秀吉や光秀がいまだ近江を分領しているなか、村重は摂津一国を領していたのである。

才の鋭さと多様さで光秀が勝り、人を魅了し味方とする才が秀吉なら、村重は二人に一段劣るものの質実剛健で、安定した働きを見せた。何事も村重に任せていれば、間違いないという安心感があったし、実際に村重はそれだけの実力を信長に存分に示していたのである。

だからこそ、いまでも信じられない。
どうして村重が己を裏切るのか。
「何故じゃ、何故……。村重」
いままで聞いたことのない主の弱気な言葉に、秀吉が目を見開き言葉を失ってい
る。他の男たちも、禿鼠のように上座を呆然と見つめていた。
一人だけ。
怒りを瞳にみなぎらせた男がいた。
惟任日向守光秀だ。
ここまで想いを瞳に宿しているところを、久しぶりに見る。
あれは何時のことだっただろうか。
村重のことを忘れ、信長は記憶の海に沈んでゆく。
そうだ。
はじめてこの男と会った時。岐阜城でのことだ。
笑っている……。
光秀にそう告げた時のことだ。常から微笑を思わせる顔付きであるのを知らなかっ
た故のことではあったが、あの時たしかに光秀は笑っていると言われて怒ったのだ。

今日の光秀は口許に絶えず浮かぶ笑みが消え、頬が引き締まっている。

「村重は謂れなき言いがかりであると申したのであろう」

剣呑な顔つきの光秀に、信長は問いを投げた。怜悧な能臣は一度浅くうなずいてから、言葉を重ねた。

「たしかに某と松井殿に対し、事実無根であると申し開きをいたしましたが、奴らしからぬ見え透いた嘘にござる」

光秀の娘は、村重の嫡男に嫁いでいる。ともに織田家中で伸し上がった者同士、結束は強い。そう信長は信じていたし、光秀もまた村重にひとかたならぬ想いを抱いていたに違いない。

冷淡な声で光秀は続ける。

「事実無根ならば都にて御館様に申し開きをせよと申したのですが、奴は城を出ることをかたくなに拒み申した。村重が本願寺と通じ、ひいては毛利、鞆浦にいる足利義昭と通じておるは明らかにござる」

義昭……。

都を追ってもまだ、信長を悩ませる。将軍位をはく奪したわけではない。第一、信長にその権はない。将軍位をはく奪できるのは、帝のみである。信長が嘆願すれば、帝は義昭の将軍位をはく奪してくれるだろう。だが、もはや義昭に将軍の権威はない。毛利が後ろ盾になろうと、裸同然で鞆浦に住まわされているようでは、どれだけ巧いことを言ったところで空手形に終わるのは目に見えている。義昭の言葉に耳を貸す者など、日ノ本にはいない。そう思ったからこそ、これまで無視し続けて来た。

それがどうだ。

丹波の波多野、播磨の別所、松永久秀に今度の村重。

信長に頭を垂れた者たちが次々に離反してゆく。しかも、ここで裏切られたら堪らぬという時を狙うようにして。

本願寺と毛利。そしてその裏に義昭がいる。

織田家の覇道を認めぬ者たちの暗躍が、信長の首を絞め続けていた。

光秀が左右の家臣たちを押し退けるようにして、膝を滑らせ前に進む。いまだに他家の臣であるかのごときよそよそしい目で、皆が光秀の常とは違う動きを見遣る。周囲の視線など構いもせずに、光秀が熱のこもった声を吐く。

「荒木村重を野放しにしておくわけには参りませぬ。丹波や播磨を投げ打ってでも、いまは村重の始末をつけることこそ肝要かと存じまする」

光秀の言う通りである。摂津を領する村重の独立を許せば、光秀が攻略を進める丹波や秀吉が働く播磨の国衆たちも、櫛の歯が落ちるかのごとく、次々と織田家を見限ってゆくであろう。そうなれば、本願寺と毛利が勢い付き、織田家は西からの大波に飲み込まれてしまう。

もはや、一刻の猶予もなかった。

どれだけ見て見ぬふりをしようと、村重の謀反は間違いない。

信長は瞑目(めいもく)し、鼻から息を吸った。

かっと瞼を開く。

「糞ったれがっ！」

腹の底から怒鳴った。

主の弱気な姿を前に戸惑っていた秀吉たちが、激しく肩を上下させる。そのなかでただ一人、光秀だけが深くうなずいていた。

「金柑っ！」

「は」

両手を床に付き、細面が辞儀をする。その口許に笑みが蘇っていた。

「丹波はどうなっておる」

「国衆、小畠永明(こばたけながあき)に命じ波多野秀治の居城、八上城を囲む支度をさせております。八上城を囲み、敵の動きを止め、膠着(こうちゃく)せしめておれば、時は稼げましょう」

信長の意図を理解し、光秀は端的に答えた。満足な返答に力強いうなずきで応えてから、信長はもうひとりの腹心を見た。

「禿鼠っ！」

「ははぁっ」

こちらは顎を突き出し、天を望むような姿で、泣きそうな声を吐いた。

「播磨はどうじゃ」

「別所長治の籠る三木城を囲み、蟻一匹這い出ることのできぬようにしております。上月城に拠(よ)る毛利勢も手を出せずにおりまする」

「荒木の裏切りを知っても動かぬか」

「いまのところは」

「そうか」

言葉を選んではいるが、いつ毛利が大軍を擁して播磨に雪崩(なだれ)込んでくるかわからないと秀吉は言下で訴えている。光秀のように厳しい口振りで主を律することはないが、切迫した想いは伝わってくる。

信長は胡坐の膝を思い切り叩いた。

「本願寺と和睦する」

言葉にならぬ静かな声が、家臣たちに波紋のように伝わってゆく。

光秀は顎を強く上下させた。

　上策にござりまする。

　常の笑みがそう言っているように信長には思えた。

「オルガンティノを高槻に送る」

　主の言葉の真意を悟った者たちが、またも声を上げた。

オルガンティノは都で切支丹の布教を進める宣教師である。高槻城の主、高山右近は熱心な切支丹であった。右近は村重の有力な与力であり、今回の謀反に際しても村重に従っている。

「茨木城の中川清秀の調略を是非、某に御任せいただきたい」

　家臣のなかから声が上がった。古田重然である。

「清秀は某の義理の兄にござりまする故」

　美濃の頃からの家臣である重然の妻が、清秀の妹であることを、信長はすっかり失念していた。だが、これは使える縁である。右近とともに清秀が仲間となれば、形勢は一気に好転するはずだ。

「任せる」

「有難き幸せ」

喜色を顔に満たすでもなく、重然は平然と答え辞儀をする。それを一瞥してから、ふたたび光秀を見た。

「金柑、御主は禿鼠と友閑とともに、もう一度有岡に行き村重に会ってこい」

「殺しまするか」

この男の口からそんな軽卒な言葉が出て来るなど思ってもみなかった信長は、一瞬返答に困った。

「村重を殺した途端、家臣たちに囲まれて儂等は皆殺しですぞ」

秀吉が言うと、光秀が常の笑みを消して禿鼠をにらんだ。

「儂等の死で摂津の乱が治まるならば安いものではござらぬか」

「しょ、正気か」

「この一戦には織田家の命運がかかっておりまする。なんとしても摂津の乱は治めなければなりませぬ」

「だからといって儂等が刺客にならずとも、策はいくらでもありましょう」

「禿鼠の言う通りじゃ。焦るな金柑」

信長は割って入って、光秀をなだめる。

「とにかくまずは時を稼ぐのじゃ金柑。摂津をこのままにはせぬという想いは、儂も同じぞ」

うなずいた光秀の顔に迷いはなかった。

町をも廓のなかに引き入れた惣構の有岡城を、信長が率いる大軍が取り囲んでいる。

その軍勢のなかには、秀吉と光秀もいた。

案の定、村重は光秀たちの再度の説得に応じることはなかった。謀反は決定的となったのである。

本願寺との和睦交渉は難航した。毛利との和睦なく、単独での講和は在り得ないと主張する本願寺側の要望を聞き入れようと信長も努めたのだが、毛利との交渉まで至る前に、村重を巡る情勢が好転した。

オルガンティノの説得を受けて、高山右近が村重と袂を分かつと言ってきたのである。

茨木城の中川清秀の説得も上々であるという報せを受けた信長は、本願寺との交渉を中断し、大軍で有岡城を攻めることを決断した。

出陣したその日は山崎に陣を構えた。一夜明け、摂津へと入った信長は中川清秀の籠る茨木城に対する付け城の構築を命じ進軍。天神の馬場に陣を築き、高山右近の高槻城を牽制するための砦を天神山に築かせるよう命じた。

茨木城に対する付け城の構築を終えた光秀、滝川一益、惟住長秀らに、秀吉、藤孝を含めた軍勢を、村重が籠る有岡城へ先発させた。

光秀らの軍勢のなかで武藤舜秀が、敵と交戦。侍首四つを上げ、本陣に届けられた。信長はこれを実検した。

光秀たちは有岡城の付近に火を放ち、刀根山に布陣する。

有岡城を囲むように砦を築かせた信長は、みずから郡山へと本陣を移した。ここに、屈服した右近が姿を現し、非礼を詫びた。信長は身に着けていた小袖と、献上品の馬を与え、摂津芥川郡を与えるという約束をしたのであった。

そうこうするうち、茨木城の中川清秀が降ったという報せが入る。郡山より古池田に陣を移した信長に、清秀が面会を望み、非を詫び、信長はこれを許した。

古池田から有岡城間近の小屋野へと陣を移した信長は、包囲した兵に城攻めを命じたのである。

怒号と喊声が聞こえるなか、方々から黒煙が上がっていた。戦場から遠く離れた信長の元に、その匂いが届いてくることはない。

攻めあぐねている。

遠くからでもそれはわかった。

敵城はおろか、町を囲む外堀すら越えられていない。力押しに攻めてはいるのだが、強硬な敵の抵抗の前に決め手を欠いているという具合であった。

さすがは己が、一国の将たる器と見込んだ荒木村重の軍勢である。などと、敵を褒めるだけの余裕が、いまの信長にはあった。

恐れていた本願寺と毛利からの後詰がない。

信長が都を離れてひと月あまり。摂津の情勢はすでに両者の耳に入っているはずだ。これまでわずかな動きすらないということは、本願寺と毛利は荒木を見限ったということである。

高山右近、中川清秀ら、村重の有力な与力たちが背いた時点で、荒木方の敗北は明らかであった。いまさら後詰の兵を出して、みずからの戦力を削るような愚を、本願寺も毛利も犯さないということであろう。

力押し出来ぬのなら、焦ることはない。

この日の一戦で、信長は腹を決めていた。

不毛な戦いはやはり、確たる成果を得もせずに終わった。夜、信長は本陣に光秀を招いた。

篝火（かがりび）の炎のなかでもなお青白い光秀の顔を正面に見据え、互いに床几に座している。

「まぁ、呑め」

己から酒壺を手に取り、信長は光秀に掲げる。

「い、いや」

焦って、奪おうとした腹心から酒壺を守りながらいたずらな笑みを浮かべる。

「今日は、御主からじゃ」

「そのような訳には」

「盃を取れ。取らぬと放逐するぞ」

「そのような世迷（よま）い事を」

「本気だぞ。盃を取れ金柑」

呆れたような溜息とともに、光秀の細い指が盃を取った。

「では、恐れ入りまする」

「最初から素直にそうしておればよいものを。禿鼠なら泣いて喜び酌を受け、方々に言いふらすぞ」

酌を受けながら、光秀が小さな笑い声を上げる。おそらくこの男は、今宵のことを誰にも告げぬであろう。功をひけらかすような真似を、光秀は誰よりも嫌う。

目の前の膳に置かれた盃を、壺を持たぬ手でつかむ。

「なにをなされまする」

恐れ多いと言った様子で光秀が左手を伸ばして壺を取ろうとするが、盃のなかの酒がこぼれるのを見て腕を止めた。その隙に、みずからの盃に酒を満たす。

「このほうが気楽で良い。御主も次からは自分で注げ」

言って壺を膳に置き、盃を掲げる。

「では」

「恐れ入りまする」

深々と頭を下げ、その前に両手で持った盃を掲げてから、光秀が朱塗りの縁に薄い唇を付けた。

一滴も逃すまいとばかりに、ゆっくりと喉の奥へと流し込んでゆく。信長は一気に盃を干し、光秀が口を放すのを待っている。目を閉じ鼻から深く息を吸い、じっくりと味わってから、光秀は盃を仰ぎ見るようにしながら信長に一礼した。その静やかな挙措を見ていると、ここが戦場であることを忘れてしまう。都の宿所の本能寺で、月明かりに照らされながら差し向かいで呑んでいる。そんな心地であった。

光秀の常の笑みが信長にむく。気安い口調で腹心に言葉を投げた。

「もはや本願寺と毛利からの後詰はあるまい」

「右近と清秀が我が方に付いたのが大きゅうござりました。摂津一国の長であれば本願寺や毛利も後詰を差配せんとしたやもしれませぬが、伊丹に押し込まれてしまった今となっては、使い道もござりますまい。摂津に兵を差し向け、無駄に失うような愚策を犯すとも思えませぬ」

右近と清秀の籠絡は、光秀の功ではなかった。このような席で己の手柄を誇示するような無粋な真似など決してしない。些末な功を披瀝せねばならぬような男ならば、信長もここまで重用しはしない。

「もはや荒木は決着が付いたも同然じゃ。包囲は皆に任せ、儂は安土に戻る」

「殿の旗が失せたことを知れば、村重も己が窮状を察することでありましょう」

もはや信長は摂津の陣に心血を注ぐつもりがない。すでに勝負は目に見えている。己がいる必要などない。この程度のことを、信長の旗印が本陣から消えたことで察しなければ、織田家で一国を預かるほどの立場になれはしない。光秀の言う通り、村重はかならず己の身の上を知る。

「もし」

掌中の空の盃を眺めながら光秀が問う。

「村重が観念して頭を垂れた時は、御館様は如何になさる御積りでしょうや」

「どうすれば良いと思う」

問いに問いを重ねた。

「あの村重が、一度決めたことをくつがえすとは思えませぬ」

「御主が、頭を垂れてきたらどうするのかと問うたのであろう」

「そうでありました」

言って光秀が。

笑った。

声を上げて。

常の笑みではない。目を細め、頬を緩ませ、心を開くようにして笑ったのである。

つられて信長も笑う。屈託なく笑うのは癪だったから、片方の口の端だけを吊り上げながら皮肉混じりの笑みを作った。

それでも、はじめてこの男と心が通った気がした。

「村重は許さぬ」

気を取り直して信長は言い切った。すると光秀の顔がきりりと引き締まる。引き締まってもなお、口許の常の笑みは消えない。それでも、近頃では光秀がこれで気を張っているのだということが悟れるようになっている。

「それで良いと某も思いまする。これを許せば、次の村重、またその次の村重が出るやもしれませぬ」

「村重もそのあたりのことはわかっておろう」

黙して光秀がうなずいた。

「娘はどうなった」

「城より出され、近江に戻っておりまする」

「村重も御主の娘を道連れにするは忍び無いと思うたか」

酒壺を手にして、信長は空の盃に注いだ。ゆるりと回して白濁した水面が揺れるのを見つめながら、微笑の腹心に言葉を投げる。

「御主も丹波に戻れ」

「そろそろ御許しを願おうかと思うておったところにございます」

光秀には光秀の務めがある。丹波攻略こそが、信長が光秀に命じた最も重要な命であった。それは光秀自身も心得ている。

「八上城の包囲は続けております。某が兵とともに着き次第、落としてみせまする」

「御主ならば間違いあるまい」

「御館様の期待を裏切らぬよう身命を賭し、働く所存にござります」

「頼りにしておるぞ」

己の口から次々と零れ出す言葉に、信長自身が驚いている。これほど余人に、しかもみずからの家臣に、信を置くようなことがあるとは思ってもみなかった。

心が計り知れない。

だからこそ、信じられるのかもしれなかった。奥底が見渡せぬから、妙な期待をかけることもない。目の前の光秀という男をあるべきままに見ることができる。気負いや怯(ひる)みを見せない光秀であるからこそ、無理難題を押し付けることができるし、それを平然とやってのけるから、光秀だけは信じることができるのかもしれない。

「どうでも良いわい」

「は」

主の意図が読めず、光秀が小首を傾げる。笑って首を振ってそれを答えに代えてから、信長は盃を干して、青ざめた腹心の顔を正面から見据えた。

「次に会う時は、御主が丹波を平定した後であろうな」

光秀は常の微笑を口許に湛えながら、うなずいた。

信長との約定を果たすように、光秀は丹波に戻ると間もなく、八上城を落とした。城を守っていた因縁の敵、波多野秀治を捕え、安土に送って来た。信長は秀治の処刑を家臣に命じる。

八上城を落とした光秀は、抵抗を続ける黒井城、宇津城をも瞬く間に攻め落とし、丹後との国境あたりまで兵を進め、要害を築かせた。

光秀の手によって、丹波国内で織田家に逆らう国衆は絶えたのである。

信長はこの功を最上の物とし〝粉骨の度々の高名、名誉比類なき〟という文言を認めた感状を光秀に送る。

心からの賛辞であった。

丹波攻略の後、摂津の荒木村重は家族を残したまま数名の家臣とともに有岡城を去った。主を失った城は、なおも抵抗を続けたが、あえなく開城。村重の妻子は都に連行され六条河原で処刑された。

有岡城を去った村重が寄った尼崎城も、有岡城の落城から五ヵ月ほど抵抗したが、村重が毛利を頼って逃亡すると、すぐに城は落ちた。

こうして荒木村重の謀反と摂津の争乱は決着を見たのである。

村重が尼崎城で虚しい抵抗を続けている最中、播磨でも三木城で反旗をひるがえしていた別所長治が秀吉に屈服。長治をはじめとした主だった者たちの切腹と引き換えに、城兵たちの命は助けられた。

信長を苦しめていた者たちが次々と去ってゆくなかで、遂に本願寺も、織田家へ膝を屈することとなった。

尼崎城が落ちたひと月後、本願寺の宗主である顕如は、朝廷からの大坂退去の勧告を受ける形で、信長との和睦を承諾。紀伊国鷺森へ退いた。これを不服として強硬に大坂に留まった顕如の息子、教如であったが四ヵ月の抵抗もむなしく、やはり大坂を去ることになった。

こうして大坂の地も信長の版図となったのである。

長年の悩みの種であった本願寺との戦の終焉を祝う宴を、信長は在陣した者たちと開いた。

上座から見える家臣たちの顔は、一様に明るい。武士ではない一向宗門徒との長きに渡る戦いから解放されて安堵して緩んだ躰に酒気が満ちて、皆が声高に語らい合っている。

「いやぁ、それにしても祝着至極に存じまするっ」

男たちの声を突き破るようにして信長の間近から、老齢の掠(かす)れた声が聞こえた。盃を膳の上に静かに置き、横目で声の主を見る。

佐久間信盛。

本願寺攻めの大将を任せていた男だ。信長が幼少のみぎり、嫡男として父から那古野(なごや)城を与えられた時、平手中務(ひらてなかつかさ)らと共に父につけられた家臣である。織田家随一の古株だ。勝家よりも上の筆頭家老を務めており、この男に逆らう者は家中にひとりもいない。

いわば信長にとっても、父や兄のごとき男である……。と、家臣たちは誰もが思っている。そして、佐久間自身も、それを無言のうちに認めているふしがあり、それが態度にありありとうかがえた。

「これで畿内はひとまず静謐を取り戻しました」

居並ぶ家臣たちの最奥(さいおう)、一段高いところに座す信長の間近で、盃を片手に唾(つば)を飛ばす佐久間を、目を細めて見下す。主の目付きを少しでも悟ることができたなら、佐久間はこれ以上言葉を吐くことはなかったであろう。しかし佐久間は、軽口を止めようとはしない。そのあたりが、光秀や秀吉はおろか、勝家などにも劣るところだ。

「これで、某が長年骨を折ってきた甲斐もあったというも……」

「なんじゃとっ！」

佐久間が言い終わらぬうちに、信長は立ち上がりながら吠える。するとそれまで朗らかに談笑していた男達の気配が一変した。主の急変に驚きを隠せず、手にした盃を虚空で止めたまま一様に固まっている。

信長はそんな男達など目に入らない。大股で上座を降りると、目の前にあった佐久間の肩を蹴り飛ばした。初老に差し掛かった佐久間の乾いた躰は、いともたやすく後方へ吹き飛ぶ。

逃さない。

壁に背中を打ち付けながら、激昂（げきこう）する主から目を背けまいと必死に身を起こし続けている筆頭家老の襟首を両手でつかんで、みずからの方へと引き寄せる。

「長年骨を折ってきたじゃと。誰がじゃ。申してみよっ！」

「も、申し訳ありませぬ」

「誰が謝れと言うたっ！　儂は誰が長年骨を折ってきたのかと問うたのじゃっ！」

　考えるより先に、謝辞が口から零れ出す性分なのである。謝ればなにもかも穏便に済ますことができると思っているのだ。

　勘違いもはなはだしい。

　何故己が間違っているのかを考えもせずに、ただ唯々諾々と謝るなど、みずからの愚かさを示すだけの行いである。そういうことがわからぬ者を見ているだけで、信長は目眩がしてくる。どうしてこうも、愚かしく生きられるのだろうか。怒りを通りこして哀れになってくる。

　鼻先が触れるほどのところにある佐久間の怯えた顔にむけて、抑えた声を投げる。

「心して答えろよ。誰が長年、骨を折ってきたのじゃ」

「そ、それは……」

「御主が骨を折ったのか」

「申し訳ありませぬ」

「問うたことに答えぬかっ！」

　我慢の限界だった。

　襟首を振り払って、右足を膝から持ち上げ、足の裏で白髪混じりの頭を蹴り飛ばした。今度はさすがに耐え切れず、佐久間は床に大の字に転がった。

信長と佐久間の間に若い男が割って入る。

「何卒っ！　何卒、父の非礼を御許しくだされっ！」

佐久間の息子の信栄である。この男も父とともに五年もの間、本願寺と不毛なにらみ合いを続けてきた。

「退けっ！」

「このままでは父は……」

「この程度で死ぬような者が、戦場で骨を折るなど偉そうなことを申しておったのかっ！」

息子を振り払うようにして、佐久間が膝を折って座り、そのまま額を床に打ち付ける。

「申し訳ござりませぬっ！　この佐久間右衛門。思い違いをいたしており申したっ！　この戦を終えることができたのは、御館様の御威光あってのもの。某のような……」

なにもわかっていない。

「黙れっ！」

もうこの男の言葉を聞きたくなかった。恐れ慄く親子を睨みつけながら、信長は怒りにまかせた言葉を撒き散らす。

「五年もの間、ただただ無為無策に日を重ね、門徒どもをのさばらせておきながら、戦の功があったかの如き物言いをしおって。勘違いするなよ佐久間っ！　今度の戦で御主が果たした務めなどなにひとつないわっ！　武功と申すは別所を退け播磨を平定せしめた禿鼠や、その功を聞き、越前から境を越え加賀へと兵を進める柴田修理のような者にこそ相応しき言葉ぞっ！　そして……」

佐久間を睨む目に殺意が宿る。

「天下に面目をほどこすほどの武功となれば、惟任日向守のごとき男のことを言うのじゃっ！　村重が裏切ったと知れば、いち早くその籠絡に励み、事成らずと知れば腹を据えて、摂津を切り崩さんと働く。丹波平定という儂の命を受け、国衆を使いそれを遂行しながらじゃ。摂津がひと段落すると金柑はすぐさま丹波へ赴き、速やかにこれを平定せしめた。どうじゃ佐久間っ！　もう一度問うぞ。この戦で誰が骨を折ったのじゃ」

もはや佐久間親子には主に投げかける言葉はなかった。

佐久間親子は高野山へと逃れたが、信長はこれを許さなかった。親子は紀伊国熊野へと逃れたと聞いたが、信長はそれ以上知ろうとはしなかった。

光秀……。

己に仕えるべき家臣の指針として、あの常に笑む男は信長の心の深い所にいつの間にか太い根を生やしていた。

陸　惟任日向守光秀

た。

京の内裏(だいり)の東に人が群れ集っている。

戦とは違う賑やかな声が、遠く離れた本能寺に待機する光秀の耳にまで届いていた。

戦場で聞こえる声は男だけのものだが、今日は女子供のそれが混じっているから、ひときわ賑やかで、心を弾ませる瑞々しさがあった。これから行われる催しを皆が今や遅しと待っている。

信長の宿所である本能寺の境内は、馬で満ち溢れていた。境内だけでは収容できず、寺の周囲にも侍を乗せた馬が屯(たむろ)しているのだが、彼等がどこでみずからの出番を待つかの差配は、すべて光秀が定めた。彼等が予定の定め通りに動いてくれれば、人々が群れ集う内裏まで、滞りなく一列になって進むことができるように、抜かりなく差配している。

内裏の東には、この日のために南北八町もの長さの馬場を特別に築かせた。毛氈で包んだ八尺の柱で柵を築き、馬が逃げ出さないように細心の注意を払っている。万が一にでも馬が逃げ出すようなことはあってはならない。

織田家臣団による馬揃え。

帝や公家たちが見ている。天覧のため、東門築地の側に仮の宮殿まで設えさせた。もし、暴走した馬がここに乱入し、帝が怪我でもしようものなら、光秀が腹を斬る程度では済まされない。

馬場の策定、仮の宮殿の造営に家臣たちの差配等々……。

すべて光秀の責務であった。

ひと月前、いきなり信長に命じられた役目である。

一月十五日の左義長の日に、信長は安土城下で盛大な祭りを挙行した。近江の侍たちは爆竹を用意し、これに参加することを命じられたのである。

光秀はというと、この祭りの差配を任されていた。

この時、織田の家臣団が思い思いの装束に扮して、馬場で馬を走らせる馬揃えが行われた。

これが大層評判で、帝の耳にも届いたのである。是非都でも馬揃えをやってもらいたいという帝の望みを聞き入れた信長は、左義長を差配した光秀に、京の馬揃えの差配も任せたのであった。

「準備万端整ったとの報せが参りました」

腹心の斎藤利三が光秀に馬を寄せて言った。もともと利三は、美濃の稲葉一鉄に仕えていたのだが、一鉄との折り合いが悪く、縁者であった光秀を頼ってその臣となった男である。明智家の家老を命じているが、忠義に篤く任された務めはそつなくこなす。

利三の言葉にうなずきを返すと、光秀は群れ集う騎乗の一群を見遣りながら、利三に語りかけた。

「惟住殿の隊より馬場へ御向かいあれと、伝えよ」

主の言葉に短い声を吐いて、利三が寺の外へと馬を走らせてゆく。

一番手は惟住長秀の隊と摂津衆、若狭衆、京、西岡の革島一宣が務め、馬場に入る。

二番手は蜂屋頼隆の隊と河内衆、和泉衆、根来寺の大ガ塚に佐野衆が続き、三番手を光秀が大和衆、上山城衆とともに務める。

光秀の後は四番手の村井貞成が根来衆と上山城衆を率いて続く。

そして織田一門となり、公家衆、足利幕臣出身の臣たちが馬場へと入り、馬廻り、小姓衆が後を追う。

小姓衆が入り終えると、柴田修理介勝家が率いる越前衆の登場となる。ここに勝家の与力である前田利家、金森長近なども入っていた。

越前衆に弓衆が続くと、ここで遂に信長の先払いが馬場に入場する。先払いの後、信長が本隊を率いて帝に拝謁すると、七番の武井夕庵、八番と続いて、馬揃え一行勢揃いとなる。

中国の毛利との戦の最中である秀吉とその家臣、与力たちは参加していない。しかし彼等を除けば、織田家臣団の総勢ともいえる顔ぶれが、いっせいに京に集っている。

帝の望みを叶えるためだけに……。

この隙を狙って、越後の上杉あたりが騒ぎだしたらどうするというのか。果たして留守居だけで、敵勢を退けることができるのか。

畿内を制し、その領内に都を抱える織田家は、たしかに天下随一の大名家となったといえよう。だが、いまだ敵は多い。長篠で打ち破ったとはいえ、甲斐の武田は健在であるし、越後の上杉も油断ならない。四国の長曾我部とは良好な関係を築いているが、みずからの力で切り取れば四国の地はどれだけでも領有してよいと言っていた信長の変心に、長曾我部家の当主である元親（もとちか）は態度を硬化させ始めている。長曾我部家の取次を任されている光秀には、元親やその家臣たちが日に日に信長への不審を募らせてゆくのが手に取るようにわかる。いつ四国で反織田の火の手が上がるか。光秀も気が気でない。

どこもかしこも敵だらけである。

帝の機嫌を取るよりも先にやることが、あるのではないか。

心のなかに湧く疑問を振り払うように、光秀は今日というこの日まで、馬揃えの支度という激務に埋没していた。

光秀の指示とともに、男たちがゆっくりと動きだしている。内裏東の馬場にむかって、隊列を組んで進んでゆく。

そろそろ己もみずからの持ち場に行かねばならぬと、光秀は手綱（たづな）を手にした。

「金柑」

背後から主の声がした。

馬首をひるがえし、声のした方に顔をむけると、大黒（おおぐろ）という名にふさわしい漆黒の駿馬（しゅんめ）にまたがった信長が満面の笑みで光秀を見ていた。馬上のまま目を伏せ、一礼をする。大黒を光秀の馬の間近まで寄せた信長は、紅白の段代わりの小袖の上に蜀江錦の柄の小袖を合わせ、その上に金紗をほどこした衣をまとっている。眉を凜々しく描いた化粧を施した顔が、目に眩しい衣装にも負けぬ奇抜さであった。余人が見たら美々しい化粧であるのかもしれぬ。じっさい他の家臣たちは、信長の装束と白い顔を見て、立派じゃ立派じゃと心底から褒めていた。

だが、光秀には奇抜としか思えない。

傾奇者などといって、珍奇な装束をして町を闊歩する輩がいることは知っているし、越前で牢人暮らしをしている時は幾度も目にした。若い男たちが群れて、ぎゃあぎゃあ騒いでいる様は、ただの強がりにしか見えなかった。弱いから一人ではなにもできず、派手に着飾って群れ集い、自分たちの存在を懸命に誇示している。そんな愚かな者たちに、同情こそすれ憧れなど微塵も感じたことが無い。

傾奇者がいま目の前にいる。しかもそれは、みずからの主であった。

信長は若い頃、傾奇者のような格好をして、前田利家などとともに己が城の周囲を歩きまわっていたという。その頃の心根が蘇ったのか。昔を懐かしんでいるのか。そんなことはどうでも良いが、とにかく目の前に、珍奇な傾奇者がいる。しかも四十を超え、五十にならんとする老境の傾奇者だ。

正直、見るに堪えない。

「此度も良う、務めを果たした」

「まだ始まったばかりにございます。万事終えるまでは、油断はできませぬ」

「それでこそ惟任日向守よ」

そう言って主が高らかに笑う。本当に、心の底から機嫌が良いのであろう。

はじめて会ったころのことを思い出す。

あの頃の信長は猜疑に満ち溢れていた。義昭の使いとして目の前に現れた光秀に、今にも殺さんとするかのような眼差しをむけていた頃の信長はいったいどこに行ったというのか。

ひりつく視線を思い出すだけで、背筋を雷が駆け抜ける。

「金柑が差配しておるのじゃ。間違いは万に一つも起こりはせぬ」

断言する信長の弓形に歪んだ目の奥に、光秀に対する信愛の情が滲んでいる。丹波を攻略した頃から、明らかに信長の態度は変わった。光秀への猜疑が完全に消え去ったのだと思わせる、重用ぶりであった。

近江坂本とその領地はそのままで、丹波一国をも任されている。

有難い。

だが……。

「帝も大層楽しみにしておられる。何事もなく馬揃えが挙行されれば、その噂は天下に広まろう。もはや、織田家に逆らおうと思う者などおるまい」

主が高らかに笑った。

これほど屈託なく笑う男であったかと思う。光秀は堅い頰を無理矢理吊り上げ、みずからも笑ってみせる。

「某は三番手。そろそろ支度をいたさねばなりませぬ」

「おぉ、そうであった。其方の雄姿、天下万民に存分に見せつけてやれ」

一礼して馬をひるがえす。

底が抜けるのではと思うような笑い声を背に受けながら、光秀は山門へと馬を急がせる。

馬揃えは万事滞りなく終わり、信長は終始上機嫌であった。

山の方々から煙が上がっている。

天目山（てんもくざん）という名であるらしい。光秀はその名を甲斐に来てはじめて聞いた。煙が上がっているあたりからは、男たちの荒々しい声が絶えず聞こえてきている。だが、光秀はその戦の渦中にない。

信長の率いる後軍に従うように、遠巻きから戦の趨勢を眺めている。山中で戦っているのは、滝川一益の軍勢である。これを指揮しているのは、父から家督を受け継ぎ、いまや織田家の惣領である信忠であった。信忠は織田家の本軍を率いて、山中に逃げた武田の惣領、勝頼を攻めている。

武田家の一門衆である木曾義昌が織田家への従属を決めた。義昌を討伐するために勝頼が兵を挙げると、信長は息子の信忠を後詰に当たらせたのである。

織田家の大軍の到来を知った武田家では、離反者が続発。勝頼は重臣、小山田信茂を頼り岩殿城で再起を図ろうとしたが、信茂に入城を拒まれ、武田家と縁の深い天目山、栖雲寺を目指した。

その途上で、滝川一益の軍勢に追いつかれ戦となったのである。

家臣だけではなく一門衆からも見放された勝頼に従う者は、数えるほどであろう。一益の兵のみで十分事足りる。

光秀は甲斐へと来てから、一度もみずからの兵に槍を取れと命じてはいない。信長の軍勢も、敵勢と一戦交えるような局面に陥ってはいなかった。

「武田が滅ぶぞ藤孝」

床几に腰を落ち着けて、主が言った。その左右に侍るようにして、光秀と細川藤孝が座している。

「信玄公の頃には、あれほど勢威を誇っておった武田家が、このようにして絶えるとは。なんとも侘しきことにござりまするな」

天を濁らす黒煙を寂しそうに眺めながら、藤孝がぽつりとつぶやいた。歌詠みとしても都に名を轟かせている藤孝の言葉には、風雅の色が漂っている。信長はそれを、目を細めて聞きながら、一人悦に入っている。

「信玄公が生きておられたら、この日のようなことはなかったであろうにのぉ。栄枯盛衰。無常なることよ」

その無常を武田家にもたらしたのは誰であるか。

薄ら笑いを浮かべて天目山を眺めている主自身である。

織田家がいたから、武田家は今日という日をむかえねばならなかったし、今日の日のために織田家の臣たちは頑強な武田の兵と果敢に相対し続けてきたのだ。栄枯盛衰は戦国の常である。弱い者が敗けるのではない。敗けたから弱者なのだ。

ざまを見ろ。儂を散々苦しめてきたが故の因果じゃ。

そう言って高らかに笑ってくれたほうが、空の上からこの有様を見守っているであろう信玄の気も晴れるのではないか。滅ぼす当人が、しみじみと同情していては、滅ぼされる者はたまったものではない。

「金柑よ」

「は」

不意に己にむいた矛先に、短い声で答え、主の言葉を待つ。

「其方が勝頼の臣であったなら、どのようにして今日の危難を避けた」

「そのような……」

考えたところで無益なことではないか。人には縁があり天運がある。光秀がこうして信長の側に侍って、武田家の最期を見届けているのも、縁と運の巡り合わせの末のこと。己が武田の臣であるなど、万にひとつもない話であると思いながらも、あり得べからざる己を想う。

「戯れじゃ。戯れの答えで良い」

目に哀切の情を湛えながら、主は憎しみの念に満ち満ちた山を眺めている。

武田の危難を救うということは、信長を敵と見なすということ。

そこまで考えた時、光秀は胸の奥深くに鋭い痛みを感じた。

「どうした」

光秀のほうを見るでもなく、信長が言った。それまで主とともに山を眺めていた藤孝も、心配そうにこちらを見ている。

己でも気付かぬうちに、胸を押さえていた。

「痛むか。震えておったぞ」

「いえ」

痛んだのは一瞬である。とうに痛みは消えていた。己が震えたことにすら、光秀は気付いていない。

「五十を過ぎておるのだ。躰はいたわらねばな」

齢五十五。今の世で男に生まれ、五十を過ぎてなお息災であることは、果報であると思わねばならない。もはや、いつ死んでもおかしくない年だ。しかし、先刻の胸の痛みはそういう類のものではなかった。

信長を敵とする。

その一語に心が震えた。それがあまりにも激し過ぎて、痛んだような心地を覚えただけのこと。

恐らく肉や骨は微塵も痛んでいない。痛んだのは心だけだ。

いや、果たして痛んだのであろうか。痛んだというよりは、猛き想いに激しく揺さぶられて胸のあたりの肉がいつもと違う心地を得たというほうが適当に思える。

「大事ありませぬ」

答えて笑ってみせる。いささかの間、信長は年嵩の腹心の顔色をうかがっていたが、笑みのまま変わらぬ様子をたしかめると、鼻から息の塊(かたまり)をひとつ吐いて、ふたたび問いを投げてくる。

「御主なら武田をいかにして救うた」

「殿に頭を垂れまする」

淀みなく光秀は答えた。

道はそれしかない。どれだけ抗ってみても、武田家には織田に反して生きてゆく道は残されていなかった。だから、それを悟っていた家臣たちが、次々と信長に頭を垂れてみずからの保身を図ったのだ。家臣たちが反すれば、武田家が織田に抗して生きてゆく目はますます無くなってゆく。

「儂の元で生きてゆくしかない。金柑でもそう申すか。たしかに、もはや武田では儂に勝てる見込みは……」

「ひとまずのところ。という意味においてにござります」

主の言葉が中途のところで、みずからの言葉を差し挟む。無礼は重々承知している。その証拠に、言葉を止めた上座の主の顔色をうかがった藤孝の視線が、糾弾の鋭さを帯びて光秀にむけられた。

腹立ちまぎれのひと言だった。

すでに天下人にでもなったかのように、高慢な口ぶりで武田を見下す主の様に、光秀は言い様のない苛立ちを覚えた。勝ちが見えた戦であっても、行く末になにが起こるかなど誰にも予見できない。かつて、大軍を擁して尾張に乱入した今川義元を、寡兵の奇襲によって討ったのは他ならぬ主自身ではないか。

諫言を直截に述べ、勝ちに水をさしたと逆上されてはたまったものではない。信長には理よりもその場の情を優先させるところがある。とくに戦場で敵勢を力で押している時に、そういう気性が顕著に表れた。金ヶ崎にて長政に裏切られた時、長篠において勝頼をもう一歩のところで仕留めきれなかった時。勝ちが目の前に見えると、信長は途端に並の将以下のことを口走ったりする。

たしかに勝頼と武田家は、いま眼前で潰えようとしている。だからといって、この場に刺客が現れぬという保証などどこにもないのだ。最後の最後まで、将は兜の紐を緩めてはならない。

藤孝の糾弾の眼差しを無視しながら、光秀は胸を張る。

「織田家に服属しておれば、いつかかならず再興の機が訪れまする」

「再興の機か。儂に従えば、働き如何によれば甲斐一国くらいならばくれてやっても……」

「違いまする」

信長の右の眉尻が吊り上がる。細く頼りない糸のような眉が、瞼の震えに同調するようにひくひくと脈打っていた。

光秀は恐れず、みずからの想いを言葉にした。

「御館様を討ちさえすれば、織田家はなかから崩れましょう」

「儂は隠居した身ぞ。織田家の家督は信忠の物よ」

「しかし、今なお実権を握っておられるのは、御館様にござりまする」

「ふん」

憎々し気に鼻で笑うと、信長は顔を逸らした。

光秀は続ける。

「たしかに信忠様が御存命であれば、御館様がおらずとも織田家は保つやもしれませぬ。ならば、御二人を討つ機を待てば良いだけのこと」

己はなにを口走っているのかと、光秀は自分で自分を疑う。しかし、言葉を止めることができなかった。慢心した主に媚びへつらうくらいなら、嫌われたほうが増し。そんな想いが胸の奥に息づいている。

信長を敵とするという言葉が、光秀の心のなかで甘美な芳香を放っていた。

「強硬に逆らい、敵として討たれるよりも、御館様の目が己にむかぬところで太刀を抜いたほうが、武田の行く末に光を見出せるかと存じまする」

「御主……」

眉尻を震わせながら主が光秀をにらむ。背筋を伸ばし堂々と胸を張り、その視線を受け止める。

「ふふ」

信長が顔を伏せて笑った。

「ぬははははは」

天を仰いで大笑する。その間も、光秀は上座を見据えたまま、信長のやりようを正視し続けた。

ひとしきり笑った主が、目尻に湧いた涙を指でぬぐってから、ふたたび年嵩の腹心に目をむける。

「さすがは金柑じゃ。たしかに御主の策のほうが、武田が生きる目があろうな。じゃが……」

細い口髭の下の青黒い唇が、悪辣なまでに歪にゆがむ。

「もう遅い。勝頼に生きる道はない。ここまで逆らったのじゃ。いまさら頭を垂れてこようと儂は許さぬ」

己のことはどうするつもりか。

心中で問う。

昔の主ならば、みずからの言葉を止められて、生意気な献策などしようものなら、怒鳴り声を浴びせたはずだ。怒鳴り声だけならまだ良い方で、拳や足が飛んでくる。下手をすれば、斬られる恐れすらあった。

「惟任日向が味方であって良かったわ。ぬはははは」

怒ってくれ。

光秀は心中で哀願する。

そんな腹心の無言の願いを聞き取れるはずもなく、主は立ち上がって背を向けた。腰に両手を当てて、黒煙に塗れた山を見る。

「これでまたひとつ、悩みの種が潰えたわ。関東の北条も儂に従うと言うて来ておる。武田の次は四国、そして毛利じゃ。そこまで行けば、奥州と九州も頭を垂れてくる。

るであろう」

信長が振り返る。

「あとどれほど儂は戦場に出られるのかのぉ」

口走った主の顔に、恍惚の笑みが張り付いている。それは、戦場に出られないことを寂しがっているというよりも、心からの安堵がもたらす笑みであるように、光秀の瞳には映った。

そんな主の笑みを見たくなくて、光秀は目を伏せる。そしてそのまま、素直な問いを口にした。

「御館様は戦場に出られるのが御嫌ですか」

「なにを申す。儂の生き場所が戦場にしかないことは、御主が誰より知っておろう。戦が無くなれば、儂も無い」

嘘。

光秀にはわかっていた。

武田家の滅亡を見届けた信長が安土に戻った。

信長の帰還を見計らったように、都から帝の使者が安土に遣わされた。

太政大臣か関白か将軍のいずれかに推挙する。

選べということだった。

朝廷が信長を日ノ本一の武士だと認めたという証である。

信長は答えを明確にせず、使者を丁重にもてなし京へと帰らせた。

その二十日ほど後、今度の戦によって駿河、遠江両国の領有を信長より許された徳川家康と、勝頼を裏切り織田方についた功によって所領安堵を認められた穴山梅雪が、その礼をするために安土の城を訪れた。

光秀は彼等の饗応を任され、安土城に入った。

「もう一度言うてみぃ」

上座の信長が殺意の眼差しを、下座の光秀にむけている。

城内の信長の私室。二人の他には、近頃特に信長が可愛がっている乱丸なる小姓がいるのみであった。

「何度でも申しまする」

「なに」

引かない光秀に、信長の声が沈んでゆく。

「長曾我部のことは、御館様みずからが定められたことにござります。四国は元親の切り取り次第に任せると仰せになられたのは御館様にございます」

元親は長曾我部家の惣領である。土佐を本拠とする長曾我部家は、四国ではいち早く信長への服属を誓った。これを快く思った信長は、元親に武勇で勝ち取った四国の地は任せるという約束をしている。

そして、両者の間に立って諸々の調停をしていたのが、光秀であった。

「たしかに言うたが、そは織田家の意に背かぬことを前提とした約定であろうが」

「切り取り次第という約定を信じた元親殿は、当然、阿波もその範疇にあると思われた」

「阿波に三好がおることは、御主も解っておったであろうっ！　その辺りのことを元親に伝えておくのも、御主の務めではないのかっ！」

言いがかり以外の何物でもない。何故なら光秀は、すでに四国の取次を免じられている。本来は四国と光秀の縁は切れているのだ。しかし明智家の重臣、斎藤利三の種違いの妹が、元親の妻であるという縁もあり、いまだに長曾我部と好を保っているのだった。

阿波の三好とは、三好康長のことである。康長もまた織田家に服属を誓った大名であった。織田家の臣同然である康長を攻めたことが、信長の元親への怒りの源泉となっている。

「たしかに元親殿のなされようにも落ち度はあったことは、某も心得ておりまする。しかし、だからといって、長曾我部を征伐するとはあまりにも……」

「不服があると申すかっ！」

信長が腹の底から怒鳴った。久方振りに浴びせ掛けられた主の純粋な怒気に、光秀は肌を粟立たせる。

それでも。

退かぬ。

「三好と長曾我部の仲を取り持ち、双方の領分を侵害せぬという約定を取り付ければ、落着するだけの話ではござりませぬか」

元親への怒りに震える信長は、己の三男、神戸信孝を総大将、惟住長秀をその補佐とし、四国へ大軍を差しむけるよう、すでに命じている。

信孝と長秀は、四国への渡海の準備を進めている最中であった。

どれだけ粘ったところで、状況が好転するとは思えない。一度、火が点いた主を止められる者など誰もいないのだから。

それでも退かないのは何故なのか。

光秀自身にもわからない。

この場にいるのは、家康たちの饗応のためで、その差配は滞りなく進んでいる。京や堺の商人に話を通し、三河や甲斐では決して口にすることのできないような、珍しい食材を用意し、気配りの粋を尽くしたもてなしを考えているところだ。饗応の務めだけを忠実にこなして坂本に帰れば、何事もなく生きていられる。

己が命を賭すほどの義理を、長曾我部家に感じてはいない。たまたま腹心の妹が、元親の妻であったというだけで、四国と光秀に縁もゆかりもないのだ。信長の怒りを受けて長曾我部家が滅んだところで、光秀は痛くもかゆくもない。長曾我部家への体面を信長が潰したからどうしたというのだ。長曾我部家が滅んでしまえば、光秀の体面が潰れたという事実すらなくなってしまうではないか。

なのに。

言葉が止まらない。

「何卒、もう一度、四国征伐の件、御考え直しを」

「まだ言うかっ！」

みずからの怒号を耳にすることで、主の怒りは加速してゆく。

溶けそうなほど熱い主の怒りを総身に浴びながら、光秀は己の心が躍っていることに驚いている。

どうやら己は主に叱責を受けたくて、抗っているようだ。

思いながら、光秀は心地良く言葉を連ねる。

「かつての約定を反故にして、長曾我部を理不尽に征伐すれば、織田家に服属する者たちの不信を招きかねませぬぞ」

「黙れ黙れ黙れぇいっ！」

床を蹴り立て主が立ち上がる。そう光秀が思った時には、目の前に純白の足袋に覆われた足の裏があった。

避けもせず、光秀は主の蹴りを肩で受け止める。

待ち受けていたから倒れるようなことはなかった。というより、怒りに任せた主の蹴りには、光秀を転ばすほどの力が元から無かった。恐らく全力で蹴ったのであろうが、躰の芯を揺るがすような衝撃はどこにも無い。

「誰が誰に異見しておるのじゃっ！　申してみよ金柑っ！」

肩から放した足を地に付けると同時に、今度は大きく身を乗り出した主の右手が、光秀の頭をつかんでそのまま、床へと押し付けた。

床で額を打った衝撃で烏帽子が転がり、以前にも増して薄くなった頭が晒される。

「長曾我部は儂の顔に泥を塗ったのじゃっ！　天下人の顔に泥を塗って許される訳がなかろうがっ！　その罪は死によって贖われねばなるまいっ！　それ以外の術があるかっ！　御主には思いつくと言うのか金柑っ！」

「ぷふっ」

怒り狂う信長のむこうから、乱丸の笑い声が聞こえた。

「ほれ、御主の頭を見て乱も笑うておるぞ。御主のような禿げて頭が金柑のようになった男が、この儂に偉そうな御託を述べるとは。思い上がるのも大概にせよ」

言いながら信長は光秀の頭を何度も床に叩きつける。

偉そうな御託と禿は関係ないだろう、などと頭を打ち付けられながら、光秀は冷静に心につぶやく。

「だいたいその御主の薄ら笑いが気に入らぬのじゃっ！　なにを考えておるのかわからぬくせに生意気ばかり言いおってっ！　御主に儂のなにが解るっ！　御主のような金柑風情に、天下人の心など死んでもわかるまいっ！」

金柑と天下人……。

そうか。

どれだけ武功を立てようと、どれだけ骨身を惜しまず働こうと、主にとって己は、なにを考えているのかわからない薄ら笑いの金柑でしかないのか。

己が想いは信長には届いていなかった。

光秀は。

笑う。

額の皮が破れ、生暖かいものが床を濡らしているのだが、痺（しび）れた頭では痛みを感じることもない。

主が床に叩きつけるのを止め、頭を引き上げ、光秀の顔を覗く。

信長が目を見開き、一瞬口許を震わせたのを光秀は見逃さなかった。

「ふんっ」

なにかを恐れたのか、血塗れのなかの笑顔を、主が放り投げ、背を向け上座へと戻る。光秀はゆっくりと背筋を伸ばし、鼻から息を吸う。

上座に腰を落ち着けた主は、ばつが悪そうに顔を背け、光秀を見ようとしない。

「四国のことはこれで終わりじゃ。御主は家康の饗応だけを考えておれ」

これ以上の抗弁は許さぬと、目を背けたまま固まる信長の引き攣った頬が告げている。

「承知仕りました」

無礼の詫びもせず、それだけを口にすると、光秀は一度深々と頭を下げて主の元を去った。

家康と穴山梅雪の饗応は三日続き、光秀はすべてを滞りなく済ませた。遺漏無い差配に家康と梅雪はいたく感心し、光秀への礼を述べると信長の勧めによって京、大坂の見物へと旅立っていった。

「さすがは金柑じゃ。二人とも大層喜んでおったわ」

上座の主の声が跳ねている。己を褒める言葉にも、光秀の心は小動もしない。額には傷口を覆うための白布が巻かれているのだが、主はそれが目に入らないかのごとく、ことさら笑顔で光秀の機嫌を伺っている。

「御主のおかげで儂の面目も立った。良うやった」

「はは」

心を顔に出さず、ただ一礼で応える。平素から笑っているといわれる光秀の顔は、嫌悪を漂わせることはない。普段の顔のまま頭を下げていれば、不満に思われることはなかった。

「このような差配をやらせても、戦場で働かせても、御主は器用にこなす。その点、禿鼠はまだまだじゃな」

「秀吉殿がなにか」

主に禿げた鼠と呼ばれる男は、いま備中にいる。毛利の将、清水宗治の籠る高松城を攻めているという。この城を攻めあぐねている最中、毛利勢は惣領の輝元、その叔父である吉川元春、小早川隆景の三人が主力を率いて後詰に現れていた。

「禿鼠は城の周囲に土塁を築いて、水攻めにしておるらしいが、守将が骨のある男でなかなか音を上げんと、泣き言を申してきたわ」

中国方面の苦戦を、信長は嬉々として語る。光秀に気を使っているからなのか、家康の饗応が上手くいったことにそれほど機嫌を良くさせているのか、わからない。ただ、光秀にはどちらでも良かった。

「毛利家の当主と叔父二人が後詰に現れ、守将を励ましておる。このままでは勝ちもおぼつかぬ故、儂に出兵してもらいたいと頼んできおった」

「御館様みずから出兵なされるのですか」

「でなければ敗けると、禿鼠が言うて来ておるのよ」

可愛い我が子の悪戯を余人に語るかのごとく、信長は頬をゆるませて言った。気に入らぬ家臣の泣き言ではこうはいかない。主みずからに出兵を懇願するような書を認めれば、それ自体が叱責の原因となり、下手をすれば佐久間親子のように追放という苛烈な責めを受けることになる。

秀吉だからこそ許される行為であるといえた。

「御自分の手で攻め落とすことができましょうに、最後の詰めを御館様に譲ろうとなされておられる。秀吉殿らしい気配りにござりまするな」

嫌味。

主の機嫌を損なう言である。が、先日の長曾我部の時とは質が違う。あの時、光秀は理を語った。主の理不尽に苦言を呈しただけのこと。いまでも光秀はあの時のことを間違っていないと信じている。しかし、今の言葉は言わなくても良いものだ。別に秀吉がどのような想いで、後詰を頼んできたのかなどどうでも良い。主の機嫌を取るという下心があっての頼みであろうと、光秀が断罪するようなことではない。聞きようによっては、出世を争っている相手が懸命に戦っている最中の主への必死の追従を、刃の届かぬところから悪しざまに罵る下衆な物言いだと取られかねない。実際、光秀はその心持ちで、先刻の言葉を口にした。

せこいことをして……。

心に浮かんだ秀吉への邪念を、素直に主の耳に吹き込んだ。

こういう真似を信長は嫌う。

己は高みに立ちながら、同朋の足を引っ張るような姑息なことをする家臣を、この男は許さない。

覚悟の上の発言であった。

過日の叱責以上の責めを負わされる。

「そう言ってやるな金柑。禿鼠も必死なのじゃ。御主のように器用ではない故に、こういうことでしか儂に取り入ることができぬのよ」

罵声も足も飛んでこなかった。

ぐずぐずに顔をほころばせ、弓形に歪んだ目で光秀を見つめながら腑抜けた言葉を吐く主の姿に、息を呑む。

儂に取り入る……。

どの口が言っているのか。

光秀は我が耳を疑う。

姑息なこととともに、これ見よがしな追従も、主は嫌った。そんな真似をする暇があるのなら、力を示せ。実績を積んだ者だけが、織田家の臣でいられる。誰よりも多く功を立てた者が、身分の別なく取り立てられる。それが信長であり、織田家であったはず。

いったい、この男はどうしてしまったというのか。

武田家が滅び、帝が三職推任を打診し、すでに天下を我が物にしたと思ってでもいるのだろうか。

「御館様は、この一件、どうなされる御積りでしょうや」

「ここまで頼んできておるのに、無下にするのも可愛そうだと思わぬか」

家臣が可愛そう……。

織田信長の言葉とは思えない。

中国攻めに苦労する秀吉が可愛そうだというのなら、佐久間親子はどうなるのか。なぜ、松永久秀や荒木村重たちは裏切ったのか。

駒としてすり減るまでこき使われ、少しでもへまをすると、苛烈な責めを負う。低き生まれからは考えられぬほどの栄達を得ることができる代わりに、失敗した者は死よりも哀れな末路が待っている。それが織田家ではなかったのか。だからこそ、久秀や村重は裏切り、佐久間親子は捨てられたのである。そこに、可愛そうなどという軟弱な考えは微塵も介在していないではないか。

無言のままの光秀に、にやけた主が言葉をかける。

「儂も行くが、御主は先に行って禿鼠を助けてやってくれ。もちろん御主だけではない。細川忠興、池田恒興、高山右近らも中国に向かわせる。織田の大軍を見れば、毛利も頭を垂れるであろう。そうなれば中国での戦も終わる。四国、そして九州。奥州の者どもも、次々と儂に膝を屈するであろう。戦国の世は終わるぞ金柑。もうすぐじや。はははははは」

毛利を屈服させれば戦国の世が終わる。

「塵屑が」

微笑のまま固まっている光秀の唇から、ささやきが漏れる。

「ん」

聞き洩らした主が、首を傾げる。

「御見事、と、つい口から零れ出てしまい申した」

とっさに言い訳する。

「行ってくれるか中国に」

「勿論にござります」

言って頭を垂れた。

白布の奥で傷がうずく。

先日のことを主は忘れてしまっている。あれほど激しながら、光秀の額を床に打ち付け怒鳴りつけたことなど、無かったように、上座からは無邪気な笑い声が聞こえ続けている。もはや、己に逆らう者など天下にはいない。みずからの首に刃が迫ることなど、もう二度とないのだ。

慢心の笑い声が延々と降ってくる。

主は変わった。

天下人に。

だが。

果たしてそれは、真の天下人なのであろうか。

上座から聞こえる笑い声が、戦国の覇者の物であると、光秀にはどうしても思えなかった。

秀吉の救援のため、光秀は軍勢とともに近江の居城、坂本城を出て、丹波での居城、亀山城へと入った。そこで一夜を過ごし、明朝わずかな供の者だけを連れて京の愛宕山(あたごやま)へと参籠(さんろう)した。

「占いたきことを記していただけましたかな」

顎の張った厳つい男が吐いた重々しい声に、光秀は静かにうなずいた。純白の狩衣(かりぎぬ)に身を包んだ神主が背にする社(やしろ)には、太郎坊(たろうぼう)なる天狗(てんぐ)が祀(まつ)られている。愛宕山の太郎坊といえば、日ノ本に数多いる天狗のなかでも最上の天狗である。

その力を借り、光秀はこれから籤(くじ)を引く。

神主から貰った紙に記したことはひとつ。

今度の戦の吉凶。

光秀が捧げた紙を手に取った神主は、記された文字を目で追うと、ちいさくうなずき、六角形の匣(はこ)を両手で取った。木の匣を手にしたまま光秀に背を向けると、太郎坊にむかって祝詞(のりと)を捧げる。その後、激しく匣を上下に揺さぶって、細い棒をひとつ取り出すと、振り返って光秀と対面するように座した。

棒にはなにやら記してあるようだが、光秀には見ることができない。数が見えたが、判然とはしなかった。

「今度の戦、行く末に晴天ありと出ておりまする」

吉ということか。

神主は絶対に明言しない。占ってもらう者が、解釈するだけだ。それでも、神主の言葉には吉か凶、いずれかの気配が滲んでいる。解釈を任されているといっても、その気配に左右されてしまうものだ。

今の卦(け)は吉である。

光秀は断定した。

「では」

棒を元の匣に仕舞い、神主が立ち上がろうとした。

「御待ちくだされ」

「は」

ここで引き留められることなど、これまで一度もなかったのか、若い神主が素(す)っ頓(とん)狂(きょう)な声を吐いて、腰を浮かせたまま固まった。その間抜けな姿を正面から見据え、光秀は言葉を淡々と口にする。

「もう一度」

神主が尻を床に落ち着け、呆れたように口許を吊り上げた。

「籤は神からの御告げにござります。どのような言葉を授かろうと、行く末を定めるのは貴方様次第。二度引こうと、なにが変わるという……」

「もう一度、引いていただきたい」

神主の瑞々しい言葉を、老いてがさついた声で止める。

籤などしょせん籤なのだから、自分の気持ち次第でなんとでもなる。そう神主は言った。籤など当たらなくて当然だと言ったも同然ではないかという言葉が、喉の奥までせり上がってくるのを光秀はぐっとこらえる。

籤が当たらぬことなど百も承知だ。

光秀は戦の勝敗などという些末なものを占おうとしているのではない。

「もう一度」

譲らない老侍を前に、顎の張った神主は呆れたような笑みを浮かべ、ちいさくうなずいた。

「占いたきことは」

「先刻のまま」

「承知いたしました」

神主が立ち上がり、光秀に背をむけてふたたび祝詞を口ずさむ。じゃらじゃらと匣を振り、棒を一本引き抜いてから、光秀と正対して座った。

「今度の戦、馬の歩みのままに進むが宜（よろ）し」

馬の前に敵無し。

吉だ。

「もう一度」

「明智殿」

「もう一度お願いしたい」

呆れが溜息とともに、諦めに代わる。

神主が祝詞とともに棒を引き、正対して座った。

「今度の戦、雷(かみなり)を抱きて西に飛べば吉と出ておりまする」

途中の文言(もんごん)は意味不明であるが、吉という語がしっかりと入っている。

「もう一度」

「いったいなにを」

「お願いします」

「明智殿」

「もう一度」

譲らない。

神主の顔に、一抹の恐怖が過る。光秀の口許に宿る常の笑みに、なにかを感じ取ったのかもしれない。

棒を読み、正対して座る。

「雨もまた、明日の光明のため」

もはや光秀の占いに寄せることすらせず、出た卦をそのまま口にする神主を無視して、光秀はいまの言葉を頭のなかで反芻する。

主にとって大事な戦の折には、かならず雨が降る。

吉。

「もう一度」

「望みの卦が出るまで幾度も引くのであれば、籤にはなんの意味もございませぬ」

わかっている。

望みの卦などない。

試しているのだ。

あの男の運を。

どこまでも吉が出るのなら、あの男の命運はまだ尽きていない。十度だ。十度、吉が出るならば、あの男はまだ天に見放されていないと断じる。

「もう一度」

「明智殿」

まだ四度だ。

「早く引け」

苛立ちから神主を急かしてしまう。尋常ならざる光秀の態度に、若い神官は身震いしてから、再び匣を取った。

吉。

吉……。

あの男は九度も吉を引き当てた。

神主が十度目の棒を取り出す。もはや若者の顔には、怒りも呆れもなかった。ただ言われるままに、淡々と籤を引くだけの道具と化している。

最後だ。

この籤が吉であれば、あの男は天下に君臨するに足る男なのだ。そうなれば、今回は素直に秀吉の加勢に行こうではないか。

光秀の目が、己に正対して座る神主のやけに紅い唇を捉えて放さない。

「八方何処へ向かおうとも凶事あり。何事も控えるべし」

「真か」

「は」

なにを問われているのかわからぬのか、神主が眉をへの字にして拍子抜けした声を吐いた。

「その卦は真の物か」

「わ、私が手心を加えたと申されるか。卦を求める御方に、わざわざ凶事を述べるなど、誰がいたしましょうやっ」

さすがに我慢の限界を越えたのか、若者が声を荒らげ怒鳴った。

この男は嘘など吐いていない。卦は真のものだ。

凶……。

これほど明確に示されると、否定のしようがない。

最後の籤で、天はあの男に凶を与えた。

「惜しいことよ」

「なにが」

呆然とつぶやいた神主をそのままにして、光秀は立ち上がる。

「太郎坊の御加護の御蔭で心が定まった。礼を申す」

いったいなにがなにやらわからぬといった様子の神官を社殿に置き去りにして、光秀は揺るぎない足取りで階(きざはし)を降った。

光秀は翌日、愛宕山西坊で里村紹巴、西坊行祐らとともに連歌の会を催した。

〝時は今あめが下知る五月かな〟

光秀の発句である。

「信長を……」

そこまで言って藤田行政が言葉を呑んだ。父の代から明智家に仕える重臣中の重臣の狼狽を、光秀は端然と見つめている。

亀山城の本丸屋敷、光秀の私室に集められたのは、四人。明智秀満、明智光忠、藤田行政、斎藤利三、光秀が最も信を置く四人である。

四人は車座になって、主を囲んでいた。部屋の隅に灯された明かりが照らすのは、皆の背のみであるから、誰の顔も陰に沈んでいる。

「そのようなことを考えておられたとは」

言葉を失った行政を継ぐようにつぶやいたのは、従兄弟である光忠である。光秀と違い、心根が明るい従兄弟は、沈鬱な気が横溢する部屋のなかでも、我関せずといった調子である。その証拠に、先刻の言葉を吐いた声が場違いなほどに明るかった。

「まぁ、十兵衛殿が近頃の信長に思うところがあることは、ここに集った者たちは薄々感じておりましたからな」

光忠は、光秀のことを殿でも御館様でも日向守でもなく、十兵衛と呼ぶ。幼い頃からの癖であると朗らかに笑って言い訳するから、光秀も咎めないし、家臣たちもなんとなく認めている。そうさせる気配が光忠にはある。そしてそんな従兄弟の大らかな気性が、光秀には昔から羨ましくもあった。

「いささか口が過ぎるのではありませぬか」

光忠をたしなめたのは、若い秀満である。もとは美濃の頃より明智に仕えていた三宅家の出であるが、その並々ならぬ武勇を認めた光秀は、村重の息子から離縁されて戻って来ていた娘を再嫁させ、一門衆に加えた。

「御主だって気付いておったであろう」

「殿は身命を賭して信長殿に仕えておられました」

「それと好き嫌いは別ではないか」

軽やかな光忠の返答に、生真面目な秀満はむくれ面で答えに窮する。そんな若き荒武者に助け船を出したのは、光秀がその才を惚れこんで稲葉一鉄の元から引き抜いた男であった。

「軽はずみな物言いは御控えになられた方がよろしかろう」

斎藤利三は、光忠をしっかりと見据え、厳とした声で言い切った。むくれ面の秀満は、我が意を得たりとばかりに大きくうなずく。

「とにかくまずは殿の御存念を聞かせていただかねばなりませぬ」

利三が光秀に顔をむけて一礼した。それを機に、皆が口をつぐむ。

光秀は車座になった四本の懐刀を一人ずつ見遣ってから、己が心を探るようにして丁寧に言葉を紡いでゆく。

「利三が申した通り。信長を嫌うておるから討つなどということではないのだ」

それは軽口を吐いていた光忠ですらわかっているのか、誰も口を挟む者はいない。

「私怨によって討つ。これもまた違う」

皆を諭すようにして吐いている言葉だが、どうやら己自身にむいて紡がれている物であるらしいと、光秀は内心で思う。皆に語りながら、みずから決意の理由を探っている。

「わずかな供の者とともに信長が都にいて、討てる者は己しかいない。ただそれだけのことのような気もする」

どうもそれが、曖昧模糊とした光秀の内奥のなかで、今回の決心に至る核を成す事柄のもっとも芯に近い場所にある物であるような気がしている。

「討てるから討つ。それだけのことであると申されまするか」

利三が主の真意をたしかめるように、重い声を吐いた。

「もちろんそれだけではない。が、このような好機がなければ、あの男を討つなどということを思いもしなかったであろうことはたしかだ」

この四人には嘘偽りなく語る。言葉で己を飾ることもしない。

「それは信長殿が殿に信を置くが故にござりましょう」

若き秀満の言葉はいつも正しい。その通りである。光秀が丹波にいるからこそ、信長は小姓衆三十人あまりを連れて都に入ったのだ。

「寂しそうですな」

唐突に行政がつぶやいた。輪のなかで最も年嵩な老臣は、影に沈んだ顔を光秀にむけながら続けた。

「信長殿のことを語られる時、殿は寂しそうになされておられる。御変わりになられましたか、あの方は」

年の功であろうか。

正鵠を射てくる。

行政の言葉を受けて己が胸に去来した想いを、言葉にして四人に投げる。

「あの男は天下人になってしまった」

「たしかにもはや信長殿に伍せる大名は日ノ本にはおりませぬな」

利三の相槌代わりの言葉にうなずきを返して、光秀は脳裏に信長の緩み切った笑顔を想い浮かべる。

「己に逆らう者はいない。我が身に届く刃(やいば)などこの世にはない。心の底からそう思うておるのだ、あの男は」

慢心だ。

「強者に届く刃は、かならずしも強者の物とは限らない」

どれだけ強大な力を得たとしても、人は人であることを超えることはできない。血肉があり骨がある限り、刃を受ければ命を絶たれるのが定めである。

「弱き者の刃……。それはどこにでも転がっている」

誰にでも日々の暮らしがある。近しい者だけを近くに置いて、安穏に暮らそうと思っても、かならずほころびは出来るものだ。

「武士であるならば、常に兜の緒(お)は締めておかねばならぬ」

平時であろうと、心中の兜の緒は締めているべきだ。それが武士であろう。越前で日々の暮らしにさえ窮していた時でも、光秀は常に武士であった。

いつ何時、それこそ今この場で四人の誰かが刃を抜いて襲ってきたとしても、相対するだけの覚悟は持っている。

「慢心する者に天下など任せてはおけぬ。そして、慢心する痴れ者の首に刃を突き立てることができる者が、今ここにおる。それが儂であるというだけのことよ」

「殿は信長殿に代わって天下を取る御積りか」

利三の問いに光秀は笑う。

「あの男の首を取る好機が巡ってきただけのこと。根回しなどしておらぬ」

頭のなかには、親類であり旧主でもあり、盟友とも思う細川藤孝の名がある。光秀の決意を知れば、藤孝はかならず丹後から駆けつけてくれるであろう。

「あの男とともに、信忠も討つつもりではいる」

織田家の惣領である信忠も、信長とともに都に入っている。信忠は信長と離れ、妙覚寺を宿所にしていた。

「織田の惣領をも討つのです。それはもはや、天下を取ると宣言しているようなもの」

「あの男を討つのだ。その先は、自然そうならねばなるまいて」

主の返答に利三がうなずきを返す。

「天下人気取りで油断しきっている信長を、討てるから討つ。それが理由であると殿は申されました。信忠をも討つ故、天下を取らねばならぬというのは成り行きの上でのことだと聞こえまする。そんな軽はずみな理由で、殿は謀反をなされようとしておられるのですか」

秀満の言葉に、光秀は己のしでかそうとしていることの実相を得た。

そう。

これは謀反なのだ。

織田信長は惟任日向守光秀の主である。

光秀は信長を討つつもりだ。

たしかに秀満の言う通り、これは謀反以外のなにものでもない。何故そんな簡単な道理を、己は失念してしまっていたのか。己で己のことを不思議に思う。しかし、たしかに今の今まで、光秀は己が謀反人になろうとしているということを完全に失念していた。

あの男は死ぬべきだ。

心の底から思っていた。天に見放され、慢心と怯懦の海に埋没した愚物に、生きる価値などない。何故、そんな男を討つ己が謀反人と呼ばれなければならぬのか。納得が行かぬ。が、それが現実でもある。

「どれほど些末な道理であると思われようと、儂はあの男を討たねばならぬのだ。謀反人と呼ばれようと構わぬ。儂に付いて来られぬ者は、ここから去れ。儂は止めぬ」

「愚かなことを」

笑い声混じりで光忠が言った。陽気な従兄弟は顔を左右に振って、他の重臣たちを伺い、ふたたび光秀へと目を定める。

「ここにいる奴で、十兵衛殿の決断に逆らうような奴は一人もいない。そんなことは十兵衛殿が一番わかっておられるでしょうに。なぁ」

従兄弟が皆に声をかけた。他の三人が、一様にうなずく。

「済まぬ。皆の命、儂にくれ」

八千の兵とともに亀山城を出た。

秀吉の後詰として中国へとむかうのであれば、三草山(みくさやま)を越えて行くのだが、光秀は進路を東に取った。兵たちが不審に思わぬよう、老ノ坂に登りそれから山崎を回って摂津へとむかうと告げている。

夜中、粛々と進む兵たちに声はない。率いる光秀や利三たち重臣の心を知ってか知らでか、一様に口をつぐみ、東に足をむけ黙々と進んでゆく。一行は些細な支障すら来すことなく、速やかに老ノ坂へとたどり着いた。

先を行く光秀の馬の前に二つに分かれた道がある。南東に下ってゆけば山崎から摂津へとむかう道。北東へと下れば、桂川を越えて京へと入る。

足を止め、馬首をひるがえし、付き従う兵たちにむかって腕を突きあげた。まわりに侍る家臣たちが、主の意を悟り速やかに停止の命を叫ぶ。

光秀を先頭に、兵たちが山肌に集う。そのなかには光秀の真意を知る四人の腹心たちの姿もある。

身中の気を臍(へそ)の下の丹田(たんでん)に溜めてゆく。

「これよりっ！」

ざわめく兵たちが、主の声と同時に声をひそめた。

「我等は都へとむかうっ」

静まり返った兵たちは、光秀の言葉だけに耳をかたむけている。

ゆるりと腰の太刀を抜く。

切っ先で闇夜を突いた。

「我が敵は本能寺にありっ！」

ささやくような声が、細波(さざなみ)となって全軍に伝播(でんぱ)してゆく。雄叫びなど皆無である。誰もが静かに主の決断を嚙み締めていた。

長々と語るつもりはない。これから本能寺を攻める。それだけで皆には伝わったはずだ。

太刀を仕舞い、馬をひるがえす。

光秀は都へとむかう道を下ってゆく。

いささかの迷いもなく。

漆　織田信長

わずかに時はさかのぼる。

都に入った次の日、信長は面会を望む客の応対に忙殺されていた。

勅使、甘露寺経元、勧修寺晴豊。太政大臣、近衛前久と子の信基。前関白、九条兼孝。関白、一条内基。右大臣、二条昭実など、錚々たる顔ぶれが、次から次へと本能寺を訪れた。信長は彼等を一室に集めて数刻あまり歓談し、茶や酒食を振る舞った。

彼等の関心の大本には、いまだ答えを明確にしていない三職推任がある。関白、太政大臣、そして将軍。そのいずれの職かを信長が選び、帝がその職に任ずるという、前代未聞の事態に、公卿たちは気が気でないのである。信長が選ぶ職によって、みずからの行く末が左右されるのだ。素直に将軍を選び、幕府を開くのであれば、太政大臣や関白という公卿の職分は守られる。しかし、信長がそのふたつを選んだら、武家による朝廷の支配がより厳しくなり、平安の頃の平相国清盛入道と平家による官職の独占という事態の再来にもなりかねない。

いったい信長はいずれの職を選ぶのか。

白粉首どもの引き攣った追従の笑みを見ながら、信長はみずからの辿り着いた場所を改めて痛感していた。

本願寺を大坂から追い、すでに畿内は完全に手中に収めている。武田も滅んだ。関東の北条も、織田への服属を表明している。いまも強硬に信長に刃向っている者たちは、都より遠く離れた僻地にあり、どれだけ威勢を誇っていようと、帝の耳に決して触れることのない名ばかり。軍勢においても、織田家に肩を並べ得る者は皆無である。ひとつずつ撃破していけば、信長が存命中に日ノ本は静謐を取り戻すことだろう。

今度の中国への出馬も、信長は御輿の上の飾りに過ぎない。すでに織田家の当主は信忠であるし、後詰の差配はすべて信忠に任せている。その信忠も、大坂、堺を見物してまわる家康たちから離れて都に入った。

信長親子より先に、光秀や藤孝がみずからの軍勢を率い、先行して秀吉の救援へと向かう手筈になっている。信長たちは、その後をゆるりと進み、備中高松城が織田の大軍で満ちた後に満を持して戦場に現れるのだ。

信長は最後の詰めなのである。

戦力として期待されている訳でないことはわかっている。本来なら、秀吉はみずからの手勢のみでも高松城を開城させるだけの力があるのだ。それでも後詰を頼み、信長本人の到来すらも希望したのは、この一戦によって毛利との決着を完全につけようと画しているからである。

信忠が織田家の惣領であるとはいえ、織田家臣団の頂点に君臨しているのは信長である。最終の決裁権は信長にある。その信長が前線に現れたことで、毛利は和睦か徹底抗戦かという選択を余儀なくされる。もし、毛利があくまで戦うというのなら、秀吉は信長に、毛利の本拠である郡山（こおりやま）城まで攻め込むことを願うであろう。そうなればもちろん秀吉の願いを聞き入れるし、そのための光秀たち後詰の兵の投入なのである。

中国の覇者である毛利家が、織田家の意思を悟れぬ訳がない。

後詰の軍勢と信長、信忠親子の到来を知れば、もはやこれまでと織田家に頭を垂れてくるはずだ。そうなれば、関東から長門まで、四国、九州、そして陸奥を除いた日ノ本が、織田家に頭を垂れることになる。

ここまで来て、まだ信長と戦おうとする者はいったいどれだけいるのだろうか。

終った。

正直、武田家を滅亡せしめ、本願寺を大坂から追い出した時点で、天下という二文字が己の手に収まったことを確信していた。余人の身になって考えた時、どれだけ策を弄してみても、織田信長という男に抗することができないと悟り、その事実に安堵した。

終わるのだ。

綱渡りの日々が。

父が死に、織田弾正忠家の惣領となった信長を侮り、駿河の今川義元が大軍を率いて攻めてきた時から、常に薄氷の上を渡るような心地で人の道を歩んできた。どれだけ眠ろうとしても気が昂ぶって眠れない。心底から眠れるのは戦場だけ。そんな日々を過ごしてきた。

それが、近頃は平穏のなかでも健やかに眠れるようになっている。床に入り、目を閉じるとすでに朝。目覚めも良く、寝床のなかで微睡むようなこともない。

微睡のなか、己は果たして己なのかと疑い、次第に信長という魂を肉のなかに留めなければ満足に起きることすら出来なかったのが、近頃では己が信長であるということを疑うようなことがない。

我は織田信長である。

天下人である。

揺るぎない柱が、信長の心身の中心にどっしりと屹立（きつりつ）していた。

白粉首どもが、信長の前でかまびすしい声を吐いて騒いでいる。

生まれながらにして、人の上に立ち、それを微塵も疑わない高慢な者たちの緩み切った笑顔の群れが、信長の顔を自然とほころばせる。どれだけ必死に想いを巡らしてみても、この者たちには決してわかるまい。次から次へと己を殺そうとする者が現れ、少しでも気を抜けば寝首をかかれるような日々のなかで、わずかな隙間を縫（ぬ）うようにして一人一人逆らう者を殺し、ここまで登りつめた信長の心根を。

「御館様そろそろ皆様に御引き取り願う刻限でござりまする」

かたわらで涼やかな声がする。

天下とともに、信長の安眠を保証するもうひとつの理由が、今の声の主であった。

森乱丸。

近江宇佐山城の守将を任せていた森可成（よしなり）の三男である。安土に居を移した翌年頃より小姓として使っていた。才気煥発（かんぱつ）、他家への使いを任せても遺漏無く務め上げる逸材である。

目鼻の整い方も尋常のそれではない。男どもの目を奪う評判の女がどれだけ集っても、そのなかでも目を引くほどに乱丸の顔立ちは神がかっていた。

そんな乱丸に毎夜、伽（とぎ）をさせている。

寝入りが穏やかなのはその所為でもあると、信長は思っている。

乱丸の言葉通り、すでに日が西に傾いているらしく、本能寺の広間に差し込む明かりに力がない。開け放たれた広間に、梅雨（つゆ）明け間近の六月頭の湿った風が流れ込んでくる。日中よりいささか涼やかに思える風を頬に感じながら、かげった明かりのなかでもなお不気味に浮かぶ白い顔の群れに、信長は笑顔で語る。

「儂は数日、都に留まる故、また皆様と御会いできる日もござろう。今日のところはこの辺で」

適当に挨拶を切り上げ、白粉首たちの戸惑いの声や、礼を述べる言葉を背に受けながら、広間を後にした。彼等の始末は乱丸が遺漏なくやってくれる。

坊主どもによって丁寧に磨き上げられた廊下を大股で進みながら、直垂の襟を思い切り開き、その下の窮屈な衣の襟口を両手でぐいと広げて扇を取り出し、首から胸へ乱暴に風を送る。そのまま私室の障子戸を開け敷居をまたいで帯を解き、直垂を脱ぎ捨て、部屋の真ん中に大の字になった。

天井が薄闇に包まれている。いつの間にか日は西の空に沈みきってしまったようだ。

足元から明かりが差し込み、馴染んだ気配が部屋の隅に留まる。

「帰ったか」

「御館様によしなにと、皆様口々に仰せでございました」

「ふんっ」

乱丸の声に、鼻で笑って返す。

「疲れた」

言うと同時に、足から足袋が静かに取られ、冷たい指先が甲を這う。心地よい力が籠ったひんやりとした乱の指が、足の骨の間を、ゆっくりと押しながら指の股へと上ってゆく。足の甲がじりりと痺れ、心地良さが足先から太腿を伝って、腹、脇から両腕、首筋から脳天へと巡ってゆく。

「うむ」

目を閉じる信長の口から思わず声が漏れる。

乱丸は無駄な言葉をひとつも吐かず、念入りに足の指を小指から一本ずつ揉み解してゆく。

安堵……。

この二文字が信長の脳裏を支配していた。心地良い温もりに全身が包まれ、母の腹の中を思わせる。

温もりのなか、愛おしい乱丸の冷たい指だけが、信長を現世に留める標であった。

乱丸だけが、この世と己を繋ぐ綱であり、また桃源郷へと導くただひとつの神具である。

「乱……」

恍惚の声が口から洩れる。このまま跳び起きて、押し倒してしまいたいという衝動を堪えるのに必死だった。齢四十九。日に幾度も頂に登る活力はなかった。乱丸との逢瀬は安眠のための大事なひと時である。激しい情動に身を委ね暴走するほど、信長は幼くはない。

「そういえば」

艶めいた声が信長を撫でる。

「ん」

短い声で続きをうながす。

「信忠様が今夜、伺いたいと仰せにございます」

「奇妙……」

息子の幼名である。奇妙丸。そう名付けたのは信長だ。

「なにしに来るつもりなのであろうな」

「京に入られた御挨拶をなされたいのでありましょう」

「儂が京に入れば、色々と面倒事が多く、数日は忙しい。まずは使者を立て入京を報せ、その後、頃合いを見て顔を見せるくらいの了見はないのかの」

「一刻も早う、御館様に着到を報せたいのでありましょう」

乱丸の声に、息子に対する悪意は微塵もない。心底から信忠を織田家の惣領として想う末の言葉であった。

「面倒ばかりじゃの」

「ふふ」

笑った乱の指がことさら強く足の甲を押した。

「痛っ」

「励まれませ」

「わかっておる」

伏せていた顔を持ち上げ、乱の笑顔をにらむ。まだ二十にも届かぬ者に、女にも見せたことのない笑みを浮かべる。そんな己が、嫌いではなかった。

「奇妙は織田家の惣領じゃ。その顔も立ててやらねばなるまいの」

「はい」

優しく足を撫でられ、信長は芝居じみた溜息とともに深くうなずいた。


「家康殿と別れ、手勢とともに妙覚寺に入りましてござりまするっ！」

みずからの腹心と信長、そしてその背後に乱丸。己以外に三人しかいないというのに、息子は万を超す大軍に伝えるのかといわんばかりの大音声で言い放った。信長に似た細い躰のどこにそんな力があるのかと、父親でありながら問いたくなる。これではまるで柴田の鬼瓦ではないか。息子の満々たる覇気に、信長は苦笑いで応える。

「良う来た」

短い返答で精一杯である。それでなくても昼間、白粉首の群れを相手に笑いたくないなか笑っていたのだ。息子をねぎらってやるだけの余力はない。

「しかし、父上」

「五月蠅い」

「は」

「御主は勝家か」

「そは」

「声が大きい」

「そ、それは申し訳ありませぬ」

恐縮して頭を下げる様までもが、勝家に似ていた。勝家のように見るからに頑強な容貌をしていれば、覇気満々の大雑把（おおざっぱ）な物言いや身のこなしも堂に入っているのだろうが、父譲りの細身では、無理に強がっているようにしか見えず、それが信長という父を持つ身では、余計に哀れに思える。

「もそっと声を抑えてくれ」

「はっ」

言ったそばから大きい。地声だから、どうしようもないということは父である信長もわかっているのだが、少しでも是正してくれればという想いで、目に付いた時は律している。

「で」

「は」

勘働きも悪い。というより、信長の基準が光秀や秀吉、そして背後の乱丸あたりにあるから、比べられる信忠も不幸である。

「なにか言いたそうであったではないか」

「そうでありました」

頬を固くして、音を発てるようにして笑うと、息子は解りやすい程に眉間に縦皺を刻んだ。

「よろしいのですか父上」

「なにがじゃ」

「いや」

遠回しな物言いはいったい誰に似たのか。嫡男であり、家督を譲った息子ではあるのだが、己と明らかに違う気性に、常に苛立ちを覚える。

「父上が京に上られるのでありまするぞ」

「だからなにが言いたい」

そこで信忠は、父の背後にちらと目をやった。

「小姓衆のみの上洛とは、あまりにも小勢では」

たしかに安土から連れてきたのは、乱丸をはじめとした三十人あまりの小姓衆のみである。

「それが」

片方の眉だけを吊り上げて、不機嫌を露わにしながら問う。こうでもしなければ、息子は父の機嫌に気付けない。

信長の顔をうかがう信忠が、案の定、頬を引き攣らせる。己がなにか機嫌を損ねることを言ったのか。それすらもわかっていない様子である。

溜息まじりに息子から目を逸らし、斜め下方の虚空をぼんやりと眺めながら問う。

「小勢だからどうした」

「い、いや、あの……」

「襲われるのを恐れておるのか」

「は、は……」

素直に「はい」と答えればまだ可愛げもあるが、言葉を返して父にこれ以上の怒りを向けられることを恐れているのか、息子はだらしない声を垂れ流す。

いったいこの息子はこんな夜更けになにをしに来たのか。公卿どもとの応対で疲れた父に、追い打ちを加えにでも来たのか。

一刻も早く褥(しとね)に転がりたい。いまの信長の願いはそれだけであった。

「都に儂を狙う者がいるのか」

「いや」

「どこぞよりそのような報せでも入ったか」

　強硬な口調で息子を追いこむ。

　己を暗殺しようと企んでいる者などいないことは、信長自身が重々承知している。万にひとつ、そんな不穏な企みがあった場合、都の治安を任せている村井貞勝は、織田家の惣領である息子にではなく、信長に真っ先に報せてくる。都のことで、信忠が知り得て、信長が知らないことなど無いのだ。刺客（しかく）はいない。そう信長が断じているのだから、信忠が刺客の存在を知るはずがないのだ。

　愚かな問答である。

　信長は急（せ）く。

「御主はわずかな手勢であると申すが、ここに集うておる小姓衆はいずれも一騎当千の強者揃い。生半（なまなか）な刺客では、儂の寝所はおろか境内に入ることすら叶わぬわ」

　小姓だからといって皆が乱丸のように夜伽をするわけではない。宣教師から譲り受けた異人、弥助（やすけ）などという強力（ごうりき）の者もいるほどで、小姓衆は信長が最も信頼する側仕えの精鋭なのである。

「左様でござりまするか」

みずから話を振ってきておいて、立場が悪くなると、さっさと話題自体を流そうとする。

甘やかして育ててしまったか。

信長にはそんなつもりはないが、己が幼少の頃に比べ、息子たちは随分恵まれた暮らしをしている。父から城を与えられ、母に疎（うと）んじられ、家臣たちからうつけと蔑まれた信長は、面倒事のいっさいを己が腕一本で始末してゆかなければならなかった。しかし信忠は違う。信長が築き上げた織田家の嫡男として、あらゆる面倒を側の者たちが処理してきたのである。だから面倒事が眼前に立ち塞がると、自然と目を背ける癖がついていた。誰かが処理してくれるまで、待つのである。

逃がさない。

「申してみよ奇妙。儂を狙う者がおるのか。小姓衆のみで足りぬ理由があるのか」

「そ、そういう訳では」

「御主は織田家の惣領であろう。みずからの言葉には責を持て」

「は、はいっ」

父に叱られたことで咄嗟（とっさ）に出た返事であり、頭を通ってはいない。なにが悪かったのかと問うたら、首を傾げるのは目に見えている。

「儂は織田信長じゃ。軍勢を率いねば都に入れぬような木っ端ではないわ」

「左様にござりまする」

息子がひれ伏す。これ以上の問答を恐れ、頭を下げることで受け流そうとしている。

このあたりが潮時かと、信長は諦めのうちに思う。己の息子であろうと、見えない物は見えないのだ。光秀や秀吉のような勘働きを求めるのは酷というもの。

「良いか奇妙。織田家の惣領は御主じゃ。儂が死んでも御主がおれば織田家は滅びぬ。儂のことを案じておると申すのなら、手勢を率いる御主が、絶えず都に気を張っておけ。油断するな。小勢を憂うことは、将として悪いことではない。ただ、なんの策も巡らさず、想いを父に述べるだけでは、織田家の惣領は務まらぬぞ。みずからで策を練り、父の安堵を計ってこそ、織田家の惣領。そういう心根を養う事じゃ」

「肝に銘じておきまするっ！」

夜の静けさを破る覇気みなぎる声を吐いて、息子が額で床を打つ。

「出陣は三日の後じゃ。共に備中へ向かうのだぞ。毛利との戦では儂はとやかく言わぬ。御主の思うままに皆を使って、なんとしても毛利を屈服させるのじゃ。良いな奇妙。織田家の惣領としての御主の器量。今度の戦で家臣どもに存分に見せつけよ」

「ははぁっ！」

父の叱咤に気を良くした息子は、大手を振ってみずからの宿所へと戻っていった。

やっと。

信長は寝床へと辿り着くことができた。


鴉が啼いた。

瞑目したまま信長は不意に醒めた。たしかにはっきりと耳の奥で鴉の啼き声が聞こえたのだが、それが夢なのか現なのか判然としない。ただ、眠りの只中にあった己を現へと引き摺り出したのが、怪鳥の甲高い声であったことだけはたしかである。

「乱」

名を呼ぶ。

それから同衾していないことを思い出す。寝る時はかならず一人。それは妻といる時も変わらない。だれかの気配があると眠れない。戦場ならばともかく、平素の城中などでは、四半刻とて耐えられない。

薄く瞼を開く。

闇が揺蕩っている。天井の格子が薄闇のなかにぼんやりと浮かんでいるのだが、朝にはまだ遠いようだ。

ならば何故、鴉は啼いたのか。

そんな刻限ではない。どうやら夢であるらしいと、心中で己を納得させようとするのだが、信長は夢を見ない。どれほど眠れぬ夜であろうと、浅い眠りであろうと、夢や幻を見ることはない。だから、先刻の啼き声が夢であったということ自体に疑問が残る。が、夢と考えなければ、夜であるという説明がつかない。

こんな刻限に鴉が啼くなど……。

廊下を踏み鳴らす足音が、微睡をかき破って聞こえてきた。その時には信長は力任せに、上体を起こしている。立ち上がろうと両手を床に付けた時、障子戸のむこうから乱丸の声が聞こえてきた。

「殿」

「起きておる」

言いながら立ち上がる。乱丸はこれまで一度も見せたことのない激しい動きで障子戸を開いた。

何故かはすでにわかっている。

足音が聞こえてきたのと時を同じくして、無数の男たちの声が、眠りから完全に目覚めた耳に届いていた。

戦の声だ。

本能寺が囲まれている。

「なにが起こっておる」

すでに小袖の上に肩衣（かたぎぬ）、袴（はかま）を纏（まと）っている乱丸が、寝間着姿のままの主に語る。

「敵が囲んでおりまする」

「敵じゃと」

在り得ない。

都の周囲で信長に逆っていた者たちは一掃したはずだ。軍勢を率いて都を襲える者など、信長には思い当たらない。

目を伏せた乱丸が、声を平静に保ちながらゆっくりと答える。

「謀反にござります」

畿内近国にいる者たちの名が脳裏にぐるぐると回る。

惟住長秀。細川藤孝。三好長慶……。

「まさか」

一番、近くにいる者の名が過った時。信長は声を失った。

織田信忠。

父を越えることのできぬ愚かな息子は、力ずくで織田家の実権を握ろうとしているのか。ならば、先刻の面会は、父の宿所の内情を調べに来たということか。

「奇妙……」

憎々し気に呟いた信長に、乱丸が首を振る。

「では誰じゃ。誰が儂を……」

「境内を囲む旗は」

英哲な小姓は、そこでいったん言葉を呑んだ。

「申せっ！」

「桔梗の紋にござります」

「な……」

光秀だ。

不思議なほど綺麗に頭のなかから消えていた名が、乱丸の麗しい唇から漏れ出た言葉で脳裏に蘇った。束の間、信長の心から一切の雑念が消え去った。

惟任日向守光秀、謀反。

その一語が白色の虚空に、黒々とした墨書(ぼくしょ)で浮かんでいる。

顔が。

思い出せない。

信長は必死に、光秀の顔を思い出そうとする。だが、頭のなかにある腹心の顔の鼻から上が、白色の霞(かすみ)に覆われて、どれほど念じてみても像を結んでくれない。ただ、薄ら笑いを浮かべる口許だけが、靄(もや)に包まれた顔のなか、やけにはっきりと浮かびあがっている。

「何故じゃぁぁっ！」

天を見上げて腹の底から叫ぶ。そのまま両の腕を高々と振り上げ、勢いとともに振り下ろしながら足を折る。躰の重さを拳に乗せて、褥を叩く。

「何故、金柑が儂を裏切るのじゃっ！」

しわの寄った褥を何度も打つ。

「在り得ぬっ！　在り得る訳がないっ！」

叫びつつ乱丸をにらむ。

「嘘を申すなっ！　金柑に限って儂を裏切るなど在り得ぬわっ！　もう一度たしかめて来いっ！」

「塀のむこうにあるのは、たしかに明智の桔梗に相違ござりませぬ」

冷徹な答えに、信長は激しく首を振る。

「光秀じゃぞ。あの惟任日向守光秀じゃぞ。金柑が……。金柑が、儂を、儂を……」

光秀にはなにもかも与えた。

あの秀吉よりも、重く用いたではないか。織田家随一の男だ。佐久間の追放により筆頭家老となった柴田勝家をも、越えてゆく男ではないか。

細川家からも義昭からも遠ざけ、己の物にしたはず。誰よりも才を認め、誰よりも多くの物をくれてやった。

「じきに敵は塀を越え、境内に入ってまいりまする」

冷徹な乱丸の声が信長を急かす。愚かしく嘆いていても、敵が押し寄せているという事実は変わらない。寸暇の余裕すらないのだと、変事でもなおいつもと変わらぬ乱丸の声が告げていた。

なにかに取り付かれたかのように信長は立ち上がる。塀のむこうで焚かれている篝火の明かりに照らされる障子戸へと駆け寄って、一気に開く。

瓦葺の塀のむこうで、たしかに桔梗の旗がはためいている。

「是非も無し」

信長のつぶやきに乱丸は答えず、立ち上がった。

寝間の敷居をまたいで廊下に出る。すでに敵はいたるところから塀を越えて境内に乱入している。寝所を守るように、小姓たちが集い、手に手に槍や弓を持ち、必死に応戦している。

「如何なされまするか」

背後で乱丸が問う。

「まずは女や坊主どもを逃がせ。金柑ならば無下にはいたすまい」

狙いは己ひとり。

無用の殺生を光秀は好まない。ならば逃がせる者は逃がしておく。

「御館様は」

「逃げる」

それしか道はない。

如何なる危地でも信長は切り抜けてきた。いかに用意周到な光秀であろうと、かならず隙はあるはずだ。その一点を見逃さず、本能寺を出て、敵の包囲さえ切り抜けられれば、妙覚寺にいる息子と合流できる。そこで態勢を整え、安土へと退く。そこまで時を稼げれば、四国への出兵の支度をしている信孝や惟住長秀が救援に駈けつけるだろう。それ以外の家臣たちも各地から集い、光秀の謀反は一気に鎮圧されるはずだ。

「しかし敵が幾重にも寺を囲んでおりまする」

「わかっておる」

女や坊主を逃がすのとは訳が違う。すべての敵が信長の首を狙っているのだ。無闇矢鱈(やたら)に逃げようとすれば、たちまち虜(とりこ)となる。

「まずは皆で戦い、敵の隙を作る。小姓衆をひと所に集めろ。それと弓じゃ。弓と槍を持って来い」

縁廊下の下で戦う男たちを見下ろしながら、乱丸に命を下していると、さっきまでの動揺が嘘のように消えてゆく。

いつもそうだ。

金ヶ崎で長政の謀反を知った時も、村重が摂津で刃向った時も、裏切られた動揺は、生きる道を模索する間に消えてゆく。その後には、長政も村重も不倶戴天の敵となった。そして、態勢を整えた信長の前に敗れ去った。

光秀も。

すでに信長の心中では殺すべき獲物と化していた。

乱丸が速やかに小姓衆に信長の命を伝え、数人が散ってゆく。女や坊主を逃がす者、境内に散る小姓たちを集める者、乱丸の差配でそれぞれの務めを果たすために得物を携え駆けてゆく。

乱丸は信長の傍を離れない。

どこかから駆けてきた男が、信長に弓と矢が満たされた箙を掲げる。乱丸に似ている。弟の坊丸である。坊丸も小姓として召し抱えている。

信長は弓を取り、矢を番えた。かたわらで、乱丸は槍を構えている。坊丸が、兄と信長を挟むような位置で槍を構えた。兄弟で主に近付く者を屠る腹積もりなのである。

縁廊下の手摺に足をかけた乱丸が、眼下に迫る敵の顔を無言で突く。

「ははっ」

それを見た坊丸が無邪気な笑い声をあげて、敵の首を穂先で薙ぎ払う。血を噴きだして倒れる敵は、とうぜん胴丸に身を包んでいる。いっぽう、小姓たちはいずれも肩衣と袴を着けた平素のいでたちであった。

東の空から陽が昇る。

敵の喊声が方々から聞こえてくる。すでに境内は明智の軍勢で埋め尽くされているようだった。

果たして逃げる隙があるだろうか。

弱気が心を包み込もうとするのを、矢を弓に番え、駆け寄る敵の鼻っ面を狙いながら放つことで振り払う。間髪を入れず矢を番えて放ち、心が不安に襲われる余白を作らない。手摺に立てかけられた箙から、乱暴に矢を抜きながら、高笑いする。

「楽しいのぉ坊丸っ！」

「はいっ！」

物静かな乱丸よりも、猛将であった父の気性を受け継いでいる弟は、快活に答えながら、手摺から身を乗り出すようにして足元に迫る敵の頭を槍の柄で思いっきり叩いた。強力で打たれた敵が白目を剝いて昏倒する。

「ははっ！」

豪快な坊丸の戦いぶりを見ていると、自然と笑いが込み上げてくる。

「御館様。我等は逃げる隙を探しておるのです。それを御忘れになられますな」

平素と変わらぬ声で言いながら、乱丸は淡々と敵を殺し続ける。槍の動きは淀みなく、豪快な弟よりも正確に敵を屠ってゆく。

「わかっておるわ」

答えながら信長も負けずに敵を射抜く。

いまのところ、逃げる隙などどこにもない。森兄弟だけではなく、小姓衆は敵を圧倒している。なかでもとりわけ目を引くのが、敵味方入り混じる混戦のなか頭ひとつ飛び出た黒色の侍であった。

信長が弥助と名付けたその男は、褐色の肌を持つ異人である。伴天連(バテレン)から譲り受けたその男を、侍として側に置いた。

弥助の膂力(りょりょく)は倭人(わじん)を軽く凌駕(りょうが)している。

一際重い鉄芯入りの長大な手槍を乱暴に振り回し、周囲に群れる明智の兵たちを薙ぎ倒してゆく。あまりの凄まじさに、同輩たちは誰一人、弥助の槍の間合いには入らない。彼の周りにあるのは、小姓たちを止めなければならない敵だけである。

兵法など関係ない。先端の刃すらも、弥助にかかれば無いも同然であった。

ただひたすらに槍を振り回す。その間合いの裡にある者は、圧倒的な力の奔流(ほんりゅう)に飲み込まれ、躰を砕かれ地に伏すのみ。

「あれは凄い」

爛々と目を輝かせて坊丸が言う。主の視線を追うようにして弥助を見付けた末の感嘆の言葉だった。

「御主も敗けるなよ」

「承知っ！」

叫んだ坊丸が手摺を蹴って、混戦のなかに飛び込んだ。

「まったく、あいつは……」

「やらせておけ」

呆れる兄に笑いながら言って、信長は矢を放つ。周囲に屍の山が築かれようとしている。累々と積み上げられた味方の屍を目の当たりにしても、敵の勢いは衰えることを知らない。

「さすがは金柑の兵よ」

謀反を企てた主を信じ、信長の首だけを求める愚直な駒となってひたすらに迫り来るその様は、光秀を彷彿とさせる。

絶えぬ笑みを口許に張り付かせ、心根の読めぬ顔で己が務めを黙々とこなす。追従などない。功のみを、みずからの証とする。

己はどこで見誤ったのか。

それとも。
光秀という男を一度として見定めたことがなかったのか。
わかったような気になっていただけ。
矢を放ち、うつむきがちに信長は自嘲の笑みを浮かべる。
「で、あるか」
乱丸にも聞こえぬ声でつぶやいてから、新たな矢を番える。
弦を引く。
その時。
何処からか飛んできた銃弾が、信長の頬をかすめた。
血が顎を伝う。
弦が切れた。
どうやら先の銃弾が弦をもかすめていたらしい。
「ちっ」
舌打ちとともに弓を投げ捨てると、坊丸が廊下に突き立てていた槍を引き抜いて、
両手で構えた。
「どうするかのぉ」

傍で槍を振るう乱丸に問う。

この場においても平静さを失わぬ最愛の小姓は、白い顔を返り血で真紅に染めながら、平坦な声を吐いた。

「逃げる隙はございませぬ」

この男がそう言うのだ。境内を埋め尽くす敵に、掻い潜れるような隙間はない。

ならば……。

手摺に指をかけ、廊下に上がってこようとしている男の右目に穂先を突き入れる。

「寺に火をかけよ」

顔から槍を引き抜きながら、乱丸を見る。

「寺が燃えれば、儂の首を求める敵は焦るはずじゃ。燃える寺に入れば、炎と煙のなかで儂を見失うはず。敵の目は燃える寺にむかう。その隙を掻い潜り、軒下から逃げる。どうじゃ」

「敵の鎧を奪えれば、なお良いかと」

「うむ」

信長がうなずくのと、乱丸が眼下で戦う弟に目をむけるのは同時だった。

「坊丸っ！」

阿鼻叫喚の只中で、兄の声を聞き分けた坊丸が、敵の群れを器用に掻き分けて、縁廊下へと飛び上がる。

「手分けして寺に火を放て」

「ははっ！」

答えた坊丸は、縁廊下に立って信長を守る小姓たちを数人引き連れ、寺のなかへと消えた。

「金ヶ崎以上の窮地じゃぞ乱っ！」

「左様ですか」

言葉を交わしながら、主従の槍はそれぞれの敵を貫いている。

金ヶ崎の戦場から命からがら逃げ延び京へと辿りついた信長は、岐阜へと戻る途上、敵の銃弾を受けた。

「あの時は二度死にかけた」

「死んだ父より聞いておりまする」

答える乱丸は留まるところを知らない。すでに半刻あまりも戦い続けているが、すでに数十人をその手にかけている。端然と振るう槍の穂先は刃毀れだらけで、刃先すら欠けていた。それでも乱丸は、躊躇いもせず敵の顔、首、脇という急所を的確に貫いてゆく。

「こんなところで儂は死なんぞ」

「当たり前です。某が必ず、御館様を救うてみせまする」

「御主も共に逃げるのじゃぞ」

「はい」

答えた乱丸の声に、実が籠っていない。

死ぬ気なのである。

主を逃がすため、乱丸はここで死のうとしている。

「必ず、必ず共に逃げ、光秀の首を二人で見るのじゃ。わかったな乱」

答えはなかった。

背後から木の爆(は)ぜる音が聞こえてくる。すでに鼻には、刺すような煙の臭いを感じている。

坊丸が務めを果たしたのだ。

「点いたな」

「はい」

爆ぜるような音が激しくなってゆく。数人がかりで中から火を点けて回ったのだから、燃え広がるのにさほどの時は要しなかった。

「頃合いを見て入るぞ」

「まだ、その時では」

「わかっておる」

不用意に煙を吸えば、逃げる間もなく気を失いそのまま死んでしまう。敵の目が燃える寺に向けられ、小姓たちを掻き分け、寺に殺到する好機を見極め、寺に入る。

「これで良いかと存じまするっ！」

槍を手にした坊丸が、火のなかから躍り出て、ふたたび信長の隣に立つ。

「でかした」

「はいっ！」

齢十七の坊丸は、まだ幼さ残る顔を煤と血に染めながら、無邪気に笑った。

「御主も儂等とともに火のなかに入るぞ」

「承知しましたっ！」

「頃合いを見て、軒下に入る」

「軒下で燻されるのだけは嫌ですっ！」

「わかっておるわ。儂も嫌じゃいっ！」

二人してけたけたと笑いながら、炎に照らされる敵の怯えた顔に槍先を向ける。坊丸の穂先は喉を、信長の槍は。

鼻っ面を狙ったのだが、眼下の敵が躰を横に傾け、穂先を避けた。

「ちぃっ！」

反撃が来る。

「御館様っ」

焦る乱丸の声を耳にしながら、せり上がってくる敵の槍を、掌中にある柄を乱暴に横に振って叩く。

たしかに柄は迫りくる槍を打った。

が……。

勢いが止まらない。

側面を叩かれながらも、せり上がってきた槍が、柄を持つ信長の左の肘のあたりを駆け抜けた。とっさに躰を横にむけたおかげで、肘を斬られるだけで済んだ。

「糞っ」

左腕の肘から先の力が失せる。右腕だけでつかんだ槍を、肘を斬った男の胴めがけて放った。槍が胴丸を貫く。絶命した男が、丸太のように後ろに倒れた。

「御館様っ」

槍を小脇に挟んだ乱丸が駆け寄ってくる。滝のように血が流れる肘を抑えながら、信長は笑む。

「力が入らん」

「では」

乱丸の目が背後の炎にむく。二人を死守せんと、坊丸が槍を振り回しながら、敵の前に立ち塞がる。

「ちと早いが行くか」

乱丸がうなずく。

槍を投げ捨てた乱丸の手が、背に触れた。

己にむかって押し寄せる敵の群れにむかって、腹の底から吠える。

「阿呆どもがっ！　儂の首を取るなど、何度生まれ変わろうと御主等には無理だでやっ！」

信長は敵に背をむけ、炎へと足を踏み入れる。

「弥助っ！　そして皆の者っ！　ここより一歩も敵を入れるなっ！」

背後で坊丸が叫んだ。声から察するに、どうやら縁廊下に踏み止まっているらしい。

「坊……」

「奴には奴の務めがござります」

振り返りもせず乱丸が言った。その足は迷いなく、寺の奥へ、奥へと進んでゆく。

巻き上がる炎が、霞んでいる。

肘から流れる血が止まらない。

「乱丸」

「は」

「儂は死なぬぞ」

「はい」

「こんな所で死んでたまるか」

「はい」

二人して炎を掻き分け進んでゆく。

隣にある乱丸の涼し気な顔から滝のように汗が噴き出し、乾いていた返り血を洗い流してゆく。

「暑いか」

乱丸が無言で微笑む。

暑いのだ。

信長は暑さを感じない。身を焼かれるほどの業火に包まれているのだ。暑くない訳がない。それなのに、むしろ寒いくらいである。

肘だ。

肘から命が流れ出している。

「早う奇妙と合流せねば、危ういぞ。儂は死にかけておる。もうここらで軒下に……」

「わかっておりまする」

言いながらも、乱丸は奥へ奥へと進んでゆく。

四方を炎が埋め尽くす。

敵の姿はどこにもない。

「そろそろ」

声が掠れる。熱で喉が乾いているのだろうなどと、考えながら己が背を支える乱丸の顔を覗く。

床をはがして軒下へ、という言葉が続かない。頭に靄がかかって、思いをうまく言葉にできなかった。

「乱丸」

「はい」

「早く」

「わかっております」

答えはするが、乱丸はいっこうに歩みを止めようとはしない。すでに床にも炎は燃え移っている。どこであろうと引き剝がすのは容易であろうと思いながら、信長は覚束ない舌で、必死に乱丸に訴える。

「床を」

「はい」

口だけ。

乱丸の足は、寺の最も奥深くへと向かっている。

こんなところまで来てしまえば、軒下に出ても、今度は境内へ出てゆくのに苦労するではないか。

思いはするが、言葉が出てこない。

頭が朦朧（もうろう）としてきた。

煙の所為か、肘の傷の所為かすら判然としない。とにかく足を前に出すという他愛もないことが、たまらなく億劫だった。

「奇妙……。奇妙はまだか」

口から意想外の言葉が零れ出す。

妙覚寺にいる息子が駆けつけてくれれば、どうにかなる。心の底にある望みが、言葉となって漏れだしたのだ。

死ねない。

なにがあっても。

織田家にはまだ信長がいなければならぬのだ。息子に家督を譲ったとはいえ、まだまだ信忠は甘い。秀吉や勝家などの古株の家臣たちを束ねるだけの器量はない。

ましてや光秀を討つなど、できる訳がない。

己がここで潰えれば、織田家は終わりだ。

「乱丸」

「は」

「早う」

「わかっております」

どこまで歩くつもりなのか。

寒い。

躰が震えはじめた。

「御館様」

「まだか」

「よもや」

「死なぬぞ」

「ですが」

涙声を耳にして、信長は頭を振った。右に左にと振る度に、ぐわんぐわんと頭骨のなかで音がする。

泣くな乱。

叱咤しようにも、丹田にはもはや覇気の欠片すら宿っていない。

薄々わかっていた。

乱丸が寺の奥へ奥へと誘おうとしているのは、主の首を光秀に渡さぬための算段であると。

信長自身、死ぬならば光秀などに骸を晒すつもりはない。

それでも。

諦めるつもりはない。

生きるのだ。

「まだじゃ」

小姓にかけた言葉ではない。己自身に言い聞かせている。

この程度の窮地などいくらでもあった。

期待されてなかったのだ。

尾張の誰にも。

うつけ。

家臣どもは皆、信長を悪しざまに陰でそう罵っていた。母親だって、弟を可愛がり、織田家の家督を信長から奪おうとした。

家督を継いでからは、今川義元、斎藤龍興、朝倉義景、浅井長政……。

敵の名を数え上げればきりがない。どこをむいても敵だらけ。

それが歩んできた道ではないか。

幾度もの死線を潜り抜け、その度に敵を打倒してきた。

今度もきっとそうだ。

この寺から抜け出せさえすれば、光秀など敵ではない。

逃げるぞ乱……。

「うぁうお」

頭に浮かんだ言葉が、胡乱な声となって口から零れた。

もはや満足に話すことすらもできない。

炎の輝きが失せたのはいつからであろうか。視界が闇に覆われて、乱丸に支えられていないと満足に歩くことすらできない。

「おぁうぁお……」

水のなかにでもいるように、乱丸の声が澱んで聞こえる。もはやその意味すらわからない。

面倒だからうなずいてやる。

と……。

いきなり足元がふらついて、闇のなかに膝を付いた。

「おやかたさま」

耳元に乱丸の声が明瞭にひびく。どうやら唇が触れているらしい。

「もはや、これまでにござります。それがしもともにゆきまする」

嫌じゃ。

「ぅあら」

首すら触れない。

目も見えない。

肘から零れ出していた命の源も、どうやら止まっているらしい。

終わる。

なにが終わるのだろうか。

信長という肉と骨が潰えようとしている。それで終るのは、己という存在だけだ。

なにも変わらない。

己が死んでも明日は来る。

織田信長のいない世が続くだけ。

人間五十年夢幻の如くなり。

「糞喰らえじゃ」

己の声をはっきりと聞いた。

「あとからゆきまする」

乱丸が言った。

うなずいてやる。
首の辺りを雷が駆け抜け、織田信長は炎の只中で。
天へ帰った。

撥

惟任日向守光秀

時はまた、わずかにさかのぼる。

東の空から昇るであろう陽の光はいまだ山影に隠れ、人々は穏やかな眠りについていた。

惟任日向守光秀は、静けさに包まれた京の都にある。馬の蹄(ひづめ)の音にも気を使うほどの慎重な足取りで兵を進め、主の寝所の包囲を終えた。

眼前に見える本能寺の甍を、馬上から見つめる。光秀が右手を挙げ、それを振り下ろせば、兵たちは声を上げて寺に殺到する手筈になっていた。

八千の兵で囲んでいる。蟻(あり)の這い出る隙間もなかった。

狙うは信長の首ただひとつ。

これまで幾度も窮地を脱してきた信長も、今度ばかりは生きてこの寺を出ることは叶わない。

それでも。

一抹の不安はある。

信長は悪運の強い男だ。戦場での勘働きも常人のそれではない。事前に光秀の策謀を知ることは不可能であっても、虫の報せのごとき獣じみた勘で、宿所を変えているということもあり得ないことではなかった。

信長は本当にこの寺にいるのか。

真実のところはわからない。

だが、疑い始めればきりがない。

信長はこの寺にいる。

そう腹を括って、攻めるしかないのだ。もはや事ここに至って、前言をひるがえすことなど出来はしない。

「殿」

かたわらに侍る斎藤利三が、主の様子をうかがう。

静かにうなずく。そして、右腕をゆっくりと掲げた。利三だけではない。馬上にある光秀の姿を、誰もが息を潜めて見守っている。

「信長……」

己が敵の名を口にする。

越前で喰うや喰わずの牢人暮らしをしていた光秀は、信長との出会いによって行く末に光明を見出した。こうして八千もの兵を率いる身になったのは、今から討つ男がいたからに相違ない。

惟任日向守光秀を作ったのは、間違いなく織田信長だ。

「殿」

右手を挙げたまま固まる主をおもんぱかるように、利三が声をかける。

「大事ない」

答え、闇に沈む本能寺を見る。

これが、光秀なりの報恩なのだ。

もはや戦国の将とはいえぬ緩み切った信長を、この場で殺してやる。それこそが、光秀が担うべき務めなのである。

信長はここで死ぬべきなのだ。

いまだ治まりきれぬこの日ノ本に、天下布武という大望を忘れた男など必要ない。

「さらば」

右手を振り下ろす。

男たちがいっせいに天にむかって吠えた。これまでの慎重な進軍で溜まった鬱憤を晴らすように、寝静まった寺に、男たちが殺到する。門を開くのなど待っておれぬとばかりに、男たちはそこここで結託し、自分たちの躰で足場を築いて塀を昇ってゆく。境内に忍び込んだ者がなかから門を抜いたようで、あっさりと扉は左右に開かれた。

門、そして塀の上からも、男たちが境内に入ってゆく。光秀は手綱を握りしめ、雄叫びを上げる男たちを見つめ続ける。

境内のなかからも男たちの声が聞こえてきた。どうやら小姓たちが異変に気付いたらしい。

「矢は用いるな」

「良いのですか」

「敵は三十ほどだ。境内に射かけても、敵より味方に当たる方が多かろう。射るだけ無駄じゃ」

「では火矢で」

「やめろ」

利三の策を中途で止める。荒々しい男たちの背中を見守りながら、光秀は腹心を説く。

「寺に火をかけて、万一にでも信長の骸を燃やしてしまっては、奴を討ったという証が立たぬ」

なんとしても信長の首だけは取らなければならない。

信長を討った。

確たる証があるのと無いのでは、その後の展開に大きな差が出る。

「信長は蛇蝎のごとく執拗な男じゃ。生きて逃がしてはならん」

あの男をこの寺から逃がしてしまえば、すべてが終わりだ。

「少しでも生きておると思わせてはならぬのだ」

奸賊、信長を討ったという大義名分があれば、帝や公家を動かし易い。帝の後ろ盾を得れば、明智に与する将も出てくる。柴田勝家や秀吉のような織田の将たちと伍するためにも、なんとしても信長の首は必要なのだ。

と、そこまで考えて光秀は自嘲気味に笑う。

どうやら己は信長が死した後のことも頭の隅では考えているらしい。信長さえ討てれば、後はどうなっても良いとうそぶいておきながら、その実、内心ではちゃっかりと己が天下人になった時のことを思っているではないか。

しょせん己も欲得で動いているのか。

馬腹を蹴った。愛馬がじわりと歩を進める。

「殿」

脇に侍る利三が驚きの声を吐く。光秀は腹心の言葉を無視して、開かれた門にむかって馬を進めた。このまま兵たちの背後に腰を据え、成り行きを見守っている気になれなかった。

急いている。

あの男を討つことにではない。果たして己はこの戦でなにを求めているのだろうか。その答えが知りたくて、光秀は馬を進める。

「殿」

己が馬を歩ませながら利三が声を投げる。

大将みずからが前線にむかうような戦ではない。敵は小勢。おそらく、すぐにけりがつく。大将が軽々しく戦場の只中に突入してもなんの利もない。前線で刃を振るい兵の士気を上げなくても、数の力だけでなんとかなる。

しかも。

これは謀反なのである。寡兵の主の寝込みを襲うという外道（げどう）の所業なのだ。軽はずみに将が前線に躍り出れば、信長を恐れてみずから太刀を取ったなどという誇りを受けることにもなろう。

それでも、光秀は馬を止めることができなかった。

門前に味方が殺到している。信長の首を求めて、我先にと境内に入ろうとしている。

「退けっ！」

男たちの背に叫んだ。いつの間にか腰の太刀を抜いている。

「殿、落ち着きなされよ」

利三の声が聞こえる。

落ち着いてなどいられなかった。

この先にあの男がいる。

織田信長。

光秀のことを誰よりも重く用い、光秀のことを誰よりも理解してくれていた男だ。

「何故じゃ……」

味方を掻き分け、馬を走らせる。太刀を掲げ、境内へと進む。

鎧を着けぬ男たちが寺を囲むようにして戦っている。信長の小姓衆だ。一際目につく長身の異人は、信長が伴天連よりもらい受けた男である。

三十人あまりの敵に、味方の兵が押されていた。

さすがは織田家の猛者(もさ)たちである。主を守るため、命を投げ打ち懸命に戦っている。

「あそこじゃっ！　あそこに信長がおるっ！」

小姓衆たちが半円を形作って守る背後の堂宇(どうう)を、掲げた切っ先で示しながら光秀は叫ぶ。いまさら大将が叫んだところで兵たちの動きが変わる訳でもない。信長を討てという、かねてから伝えている命に従い、皆は懸命に戦うだけだ。光秀の言葉がなくとも、兵たちは小姓たちの動きから、信長の居所を嗅ぎつけているようだった。

「これ以上、突出すると危のうござりまするっ！」

光秀が駆る馬の前に、利三が己が馬を滑り込ませて叫んだ。

こちらは味方に当たるため弓を使うことができぬのだが、小勢の敵は、堂宇を半円に守りながら、放射状に矢を射かけてくる。馬上の光秀や利三は目立つ。これ以上敵の間合いに踏み込めば、格好の的になってしまう。それを利三は躰を張って示したのだ。

だが。

それがどうした。

「退け」

利三の馬を押し退けるようにして、光秀は前に出る。

「殿っ！」

火の明かりに誘われる羽虫のごとく、光秀は激戦の只中へ馬を進める。

その時。

小姓たちの背後の障子戸が開いた。

純白の寝間着姿の信長が森乱丸を侍らせながら、縁廊下に姿を現す。

小姓から弓を受け取り、明智の兵目掛けて矢を放つ。

「信長ぁっ！」

光秀は腹の底から叫んだ。だが、男たちの喊声に阻まれて、信長には届かない。

思い切り馬腹を蹴る。

愛馬がぐいと勢いを増すかに思えた。

「どうっ！」

利三がふたたび馬を回り込ませて、今度は主の馬の手綱を握った。暴れる二頭の馬の上で主従が睨み合う。

「なりませぬっ！」

「どけ利三っ！」

「どきませぬっ！」

争う光秀たちを、周囲の兵が怯えながら見守っている。

「なにをしておるっ！　御主たちは行けっ！　あれが信長じゃっ！　彼奴を討てっ！」

主を必死に制しながらも、利三は眼下の男たちにむかって吠える。

「信長ぁっ！」

太刀を振り上げ光秀は叫ぶ。

この時のために。

この刹那の邂逅のためだけに、光秀はこの場にいるのだ。たとえ利三に阻まれようとも、光秀は信長と会わねばならぬのだ。

「なりませぬっ！」

心根を見透かしたように利三が厳しい声で律する。

「殿はなにをなされたいのですっ！　信長を討つために我等は戦うておるのですぞ。殿がここで死ねば、我等は戦う意味を失うてしまいまする。あそこにおるのは、もはや殿の主ではございませぬ。日ノ本に巣食う第六天魔王にございまする」

第六天の魔王……。

叡山を焼き討ちした信長が、武田信玄に宛てた書状のなかでみずから名乗った名だ。

「あの男は、もはや殿が知る信長ではないのです。いや、あれが信長であったとしても、事ここに至っては、殿があの男を主であると認めてはならぬのです。亀山で我等に御心の裡を御聞かせたもうたその時より、殿にとってあの男は、討つべき敵以外の何物でもござらぬ。敵との邂逅になんの意味がありましょうや。そのような蛮行のために、己が命を無駄になされまするなっ！」

悲痛な叫びで利三が止める。

光秀の視界の中央、手摺に足をかけた信長が、笑いながら矢を放っている。

千々に乱れた心が悲鳴を上げていた。

利三の言うことは光秀だって理解している。あの男は敵なのだ。外道の所業であることすら厭わず、軍勢を用いて討とうとしている宿敵なのである。いまさらそれが覆ることなどない。引き返すことのできぬ道に、光秀は踏み込んでいる。

またがる馬が光秀の心に触れ、足を前に進めた。

「殿っ！」

「わかっておる」

太刀を持たぬ右手で手綱を絞って、止まるようにと馬に伝える。

その時。

「！」

光が天に煌めいた。

とっさに顔を横に振る。

兜の縁で甲高い音が鳴り、激しい耳鳴りが頭の中で響き渡った。

頬がざっくりと裂けている。

「殿っ！」

己がすでに矢の間合いに入っていることを、飛来した刃が無言のうちに告げている。

「大事ない」

はるか彼方の信長を見る。もちろん、あの男が射た訳もなく、縁廊下に立つ信長は、無邪気に矢を放ち続けていた。かと思った刹那、矢を番えて張っていた信長の弦がぶつりと切れた。

使い物にならなくなった弓を投げ捨て、背後に突き立てられていた槍を手にして、信長はふたたび眼前に群れる敵を睥睨する。

頬から流れる血の生暖かさを感じながら、光秀は笑う。

「危のうござりまするっ！　早うここを」

利三が、手綱を持って下がらせようとする。

「信長め」

無邪気に槍を振り回す信長を見つめながら、光秀はつぶやく。

「殿」

無視して続ける。

「あの男はまだ諦めておらんぞ」

「は」

「これだけの兵に囲まれておるというのに、あの男はこの寺を抜け出すつもりじゃ」

主の言葉を聞いて、利三が頭だけを背後に振り、肩越しに信長を見た。

「まさか。この期に及んでまだ、生き延びることを諦めておらぬなど」

「それが織田信長という男ぞ」

言って、己が馬の手綱を握りしめる利三の拳を太刀の柄で叩く。

「放せ」

「では」

「退かぬ」

「しかし」

「心配するな。ここより先へも行かぬ」

腹心の眉根に刻まれていた深い皺が緩んだ。

「信長戦うておるのだ。儂もここで戦う」

ここで見定めるのだ。

あの男の生き様を。

あの男の死に様を。

「殿っ！」

軍勢を掻き分け、堂宇のほうから明智秀満が姿を現した。秀満には先鋒を命じている。いま小姓衆たちと戦っている者たちは、秀満に率いられた兵であった。

華美な鎧に身を包んだ秀満は、徒歩のまま光秀を見上げている。勇猛な娘婿を見下ろし、光秀は声を投げた。

「何故、戻ってまいった」

「殿の御姿が見えました故」

「そんなことで、みずからの持ち場を離れたのか」

問答を続けている間にも、信長と小姓たちは周囲の敵を薙ぎ払い続けている。三十人あまりとは思えぬ猛烈な戦いぶりに、味方の兵たちが気後れしている。そんな時に、先陣の将が持ち場を離れるなど言語道断である。

「早く戻れ」

「このようなところにおられては危のうございます」

娘婿が横目で利三に助けを求める。しかし利三は、目を閉じ首を左右に振って、諫められぬことを無言のうちに示してみせた。

「儂はここにおる。御主は持ち場に戻れ」

言った側から、光秀の兜の吹返しを、銃弾が撃った。いきなりの衝撃に目がくらむ。耳鳴りに襲われながら、とっさに手綱を握りしめ、なんとか落馬を免れる。

「殿っ！」

秀満と利三が同時に叫ぶ。

「大事無いっ！」

目をしばたかせながら、首を小刻みに振って、光秀はなんとか己を取り戻す。そしてふたたび秀満を見据える。

「これは儂と信長の戦じゃ。どちらの命運が先に潰えるか。儂と奴の勝負なのじゃ」

「承知仕りました」

家中の誰よりも武を貴ぶ娘婿は、これ以上諭しても無駄と悟り、腹を据えてうなずいた。

光秀は切っ先を戦場にむける。

輝く刃の頂が示しているのは、小姓のなかでひときわ頑強に戦う褐色の異人であった。

弥助である。

「あの男をなんとかいたせ」

命を受け、秀満が振り返って頭ひとつ突き出た弥助をにらむ。

巨大な槍を振り回し、周囲の敵を薙ぎ払い、疲れひとつ見せない弥助を視界に捉え、娘婿は喉仏を大きく上下させた。

「奴を止めれば、敵の勢いも削がれよう。鉄砲でもなんでも用い、とにかく奴を止めるのじゃ」

「鉄砲など」

言って娘婿が鼻をすすった。そして馬上の義父に悪戯な笑みを見せる。

「勿体無い」

槍を小脇に挟んだ秀満が、弥助に狙いを絞る。

「では後程っ！」

叫んだと思うとすでに秀満は戦場へと駆け出していた。

娘婿の背が眩しい。

己も秀満のように駆けだせればと熱烈に思う。

はるか先で戦う信長だけを見つめ、無心に戦場を駆け抜けられれば、どれほど楽なことか。

「なりませぬ」

勘の鋭い利三が静かに律する。

「わかっておる」

まだ完全に耳鳴りが癒えていないから、己の吐いた声が遠い。

二人の小姓を脇に置き、信長は疲れも見せず戦っている。その輝く瞳には、家臣の裏切りに対する怒りも落胆もなかった。

光秀は信長を見ている。

だが。

あの男の目に光秀は映っていない。眼下に群れる敵を見つめているのだが、輝く瞳が捉えているのは、槍をたずさえた男たちではない。

信長は。

明日を見ている。

死が必定の窮地に立たされていながらも、信長は諦めていない。

「利三」

「は」

「あの男から決して目を離すな」

「殿は何故、信長をそこまで大きゅう見られるのでしょうや。あの男はもはやこれまでにござる」

呆れた口調で語る腹心を、光秀は首を横に振って制する。

「あの男は、もはやこれまでと誰もが思う窮地を幾度も潜り抜けてきたのだ」

「そうは申されまするが、今回ばかりはやはりどうしようもござりますまい。殿の包囲は万全にござります。この寺は十重二十重に囲んでおりまする故、奴が這い出る隙などござりませぬ。神か仏でなければ……」

「神か仏ならばどうする」

利三が不審の色を隠しもしない疑いの眼差しで光秀を見た。

「あの男は第六天の魔王ぞ」

「それは売り言葉に買い言葉で」

利三の言う通り、己を天台座主だとうそぶいた信玄の書状に、では己は第六天の魔王であると返した洒落の類の文言ではある。

が……。

光秀はこの逸話を信長本人から聞いた時、身震いした。

織田信長は仏法の敵、第六天魔王であるという言葉に、絵空事ではないなにかを感じたのである。信長という男に感じる漠然とした恐れ。どこか近寄りがたい神々しさのようなもの。それが、第六天魔王という言葉を耳にした瞬間、光秀のなかで腑に落ちたのだ。

この男は人ではない。

魔王だ。

己とは土台から違う。

そう思うことで、光秀は信長という男を理解した。

だからこそ。

天下人に成り下がった信長が許せなかった。天下人。人ではないか。魔王が人に成り下がるなど、光秀には堪えられない。

そして、天下人に成り下がってからの信長は、世俗の垢に塗れる俗人になってしまった。公卿どもの媚びへつらいを自慢げに語り、ひりついた戦場に出ることを厭うているという愚物の心根すら誤魔化せぬほどの鈍と化した。

そんな男は信長ではない。

第六天魔王ではない。

ならば、己が殺してやる。そう思って、光秀はこの地に立ったのだ。

それがどうだ。

目の前で槍を振り上げ戦う男は、間違いなくかつての魔王であった。光秀が心の底から恐れ、この男には逆らえぬと覚悟した信長が、いま目の前にいた。

「利三。あの男は人ではない。故に人に成し得ぬことができるのじゃ」

この寺からも逃げおおせる。

信長はそう信じている。

光秀もどこかでそう願っている。

魔王の神罰を受けて死ぬのなら本望だ。世俗の欲に鈍した愚物の理不尽な怒りを受けて腹を斬らされるなどまっぴら御免だが、人智の及ばぬ力を受けて死ぬのなら仕方が無い。

事ここに至っても、光秀はまだ心のどこかで信長より先に己が死ぬのではないかと本気で思っている。

「殿」

兵の腹を串刺しにして笑う信長をにらみながら、利三が重い声を吐く。

「あの男は人にござります。人の姿をした神などどこの世にはおりませぬ。もしあの男が神であるなら、窮地に遭う訳がござりますまい。幾度も脱しておるから神だと殿は申されるが、神であるならそもそも窮地に嵌りはいたさぬものと存ずるが」

なんという……。

人の浅はかな猿知恵であることか。

この世に血肉を得ていれば、神であろうとこの世の理の埒内に生きなければならない。ままならぬ世を生きる神であるが故に、人同然の苦楽が付き纏う。だが神は、人の想いの範疇を越える。人が達することのできない境地を生きている。だからこそ、誰にも成し得ぬことができるのだ。

尾張の守護代の家老。

それが信長の生まれた家である。尾張の守護代といっても、尾張の半国をやっと治める程度の家格であったという。その守護代家に三人いる家老の一人が信長の父、信秀だったのである。

尾張一国すら手中に収めていない家に生まれた信長が、海道一の弓取りと言われた大大名、今川義元の首を取り、尾張を統一。美濃を手中に収めると、足利義昭とともに上洛を果たし、将軍にならしめた。畿内近国を平定し、浅井、朝倉、武田という名だたる大名家を滅ぼしてみせた。関白、太政大臣、将軍のいずれかに推任するという帝からの申し出を受け、天下随一の武士となった。

いったいどれだけの誰にも成し得ぬことの上に、あの男は立っているというのか。常人ならば信長の成したことのひとつさえ、生涯かけて為し遂げることができれば上々であろう。それを信長は、無数に為し遂げ、いまこうして光秀の目の前で嬉々として笑っている。

神ではなくなんだというのか。

光に照らされた神ではない。血と闇に彩られた魔王こそ、あの男には相応しい。

第六天魔王。

信長という男の神号としてこれ以上の名を、光秀は思いつかない。

「殿」

黙したまま信長を見つめる光秀のことを慮るように利三が声をかける。

「秀満殿が」

忘れていた。

弥助をどうにかせよとみずから命じておきながら、義理の息子のことをすっかり見失っていた。

腹心の声にうながされるようにして、光秀は弥助を追う。

褐色の侍の姿はすぐに見つかった。混戦のなかでも頭ひとつ抜け出しているから、視界を振れば容易に目に留まる。

相変わらずの戦いぶりであった。

手にした槍を乱暴に振り回しているだけ。武芸の気配すら感じられない。だというのに、周囲の兵たちは、弥助の槍が生み出す竜巻に吸い込まれるようにして、次々と餌食になってゆく。

信長が立つ縁廊下にかかる階へ至る道筋に陣取っているから、兵たちも無視して進むことができない。味方が三十人あまりの小姓たちを攻めあぐねている要因のひととつに、弥助の獅子奮迅の戦いぶりがある。

そんななか、一陣の風が兵たちの間を駆け抜け、弥助の間合い深くに忍び寄る。

秀満だ。

弥助の豪壮な槍とは違い、取り回しの利く小ぶりな手槍を片手に持ちながら、猛勇で鳴る娘婿は、向こう見ずなほど正面から、褐色の巨人の鼻っ面近くまで間合いを詰めた。

「上手い」

思わずといった様子で利三がつぶやく。

長大な槍を操る弥助は、近間に弱い。手許近くまで接近されると、長い槍がみずからの動きを制限してしまう。

秀満が片手に持った手槍を、弥助の顔めがけて突き出す。

首をかたむけてかろうじてかわす弥助の丸太のような足がせり上がり、秀満の鳩尾(みぞおち)を膝が襲う。

わずかに身を引いた秀満は、槍を持たぬ左手で膝を止めようとする。

が……。

常人離れした力で放たれた膝は、左手一本では止まらなかった。

膝を掌で包んだまま、秀満の躰が宙に舞う。

いつの間にか敵味方が二人から間合いを取っている。獣同士の戦いに巻き込まれることを、心の芯で感じての行いであろう。誰がはじめたという訳でもなく、男として兵としての勘働きが、二人の間合いの外へと躰を運ぶのだ。

「ごおぁぁぁっ！」

一際大きな雄叫びが、弥助の口から放たれ、光秀まで届く。

宙を舞い無防備な秀満の腹目掛けて、褐色の武人が槍を振る。穂先など関係ない。柄で殴るつもりだ。

唸りを上げて丸太のごとき槍が秀満の脇腹へと飛来する。

笑った。

娘婿が。

手にしていた槍をみずからの左の側面に立てるように構える。

「駄目だ」

利三が叫ぶ。

秀満の掲げた槍に、棍棒と化した弥助の豪槍（ごうそう）が激突する。

乾いた音とともに槍が砕けた。

秀満の躰がくの字に折れる。

かに見えた。

槍が折れた衝撃を受けると同時に、秀満が両足で虚空を蹴ったように光秀には見えた。

振り回す弥助の槍を軸にして、娘婿の躰がくるりと空を回転する。

膝で蹴り上げられたよりも高く、宙を舞う。

無防備であることには変わりない。

秀満の腹を打つようにして回した槍を器用に翻し、弥助が秀満の頭を割ろうとする。

娘婿は敵の動きなど見ていなかった。

真っ二つに割れた槍の一方、穂先の付いている方を右手に握りしめ、そのまま落下する。

首をすくめる秀満の兜だけを、豪槍が叩いて飛ばした。

秀満は槍を構えたまま、弥助の脳天めがけて穂先を振り下ろす。

何事かを弥助が叫んだ。異国の言葉であるらしい。怒りの雄叫びが堂宇に響き渡る。

己が命と引き換えに繰り出した娘婿の一撃を、さすがの弥助も完全にかわすことはできなかった。間に合わぬと思った弥助は、槍を放って後方に下がった。

いきなりの夜襲であった。

小姓衆はいずれも肩衣姿である。

弥助の衣が右の肩口あたりから脇腹までざっくりと裂け、血飛沫が上がった。

それでも褐色の武人は止まらない。

目の前に着地した秀満に怨嗟の眼差しをむけながら、牙を剝き出しにして足を振り上げる。

秀満は顔面の前で腕を交差させて防ぐ。

全身の重さを存分に乗せた一撃を受けた秀満が尻餅（しりもち）をついて、後方に数度回転する。

追おうとする弥助を、小姓の一人が止めた。

何故かと激しく詰問する弥助に、彼の得物である豪槍を手渡した小姓は、背後を指差す。その先で、信長が戦い続けている。

「秀満殿はどうなされた」

利三の言葉で、娘婿のことを思い出す。

両脇を兵に抱えられながら、戦いの輪から抜け出そうとしている。どうやら気を失ったらしい。

「死んではおらぬようです」

利三が安堵の声を吐いたが、秀満のことなど光秀にはどうでも良かった。

弥助はなにを耳打ちされたのであろうか。小姓の言葉に納得した褐色の武人は、槍を手にすると、いっそう信長に近いところに陣取って、秀満のことなどなかったかのように再び槍を振るい始めた。裂けた衣は血だらけである。先刻の一撃の所為であろう。だが、いっこうに槍先は鈍る気配がない。

「利三」

「は」

「なにかやるつもりだ」

「信長が、でござりまするか」

うなずきながら、目はかつての主に注がれている。

依然として笑いながら戦っていた。齢四十九にして半刻あまりも矢を放ち、槍を振り回し続けてもなお戦い続けられるだけの力を保っているのは、大したものである。

さすがは魔王。

何事においても光秀の頭では信長と神が直結してしまう。

「油断するな」

「皆、懸命に戦っておりまする」

いまさら油断するななどという命を全軍に達する必要はない。そう利三は言下に伝えている。光秀も同感ではあった。が、それでもなお、皆にそう伝えたかった。

信長は諦めていない。

己が身を晒して戦っていること自体が、策であるということも考えられる。

「見よ利三」

光秀は思わず声を上げた。掲げた手が信長へと向き、突きたてた指が彼の側の虚空を示す。

「小姓が消えておる」

「死んだのでは」

「あそこにおったのは乱丸の弟じゃ」

「坊丸……」

消えた小姓の名を利三が呼んだ時だった。

寺の方々から黒煙が上がりはじめた。それはみるみるうちに、全体に広がり、壁や柱の隙間から炎が噴き出した。

「火じゃっ！　信長め火を点けおった！」

鞍を叩いた。

光秀の怒りを目の当たりにした利三が、諭すような口調で言葉を吐く。

「悪あがきにござります。もはや観念いたしたのでござりましょう。我等に首を渡さぬための小細工。信長が寺に入ると同時に四方から兵をむかわせまする」

「違うっ！」

腹心を睨む。利三は怒鳴られた理由が解らずに眉間に皺を寄せる。光秀はそちらを見ずに、炎を背にして戦う信長を指さして吠える。

「奴は炎を味方にして逃げるつもりじゃ」

「いまさら何処に」

呆れ声の腹心を殴(なぐ)りつけてやりたかった。

「逃がしてはならぬっ！　必ず捕えるのじゃっ！」

「わかっております。信長が寺に入ると同時に」

「遅いっ！　今すぐじゃっ！」

利三には主がこれほど動揺する理由がわかっていないようだった。

どれだけ諭してみても、常人には信長という男の本質が、理解できないのである。

「もう良い」

腹心に見切りを付け、光秀は前をむく。

馬腹を蹴る。

「殿っ！」

「儂が行く」

言って馬を走らせる。

と……。

縁廊下に立つ信長が、必死に這い上ってきた兵が振るった槍を受けた。

肘がざっくりと裂け、血が舞う。

「御館様……」

忘我のうちに光秀は口にしていた。

「殿……」

聞きとがめた利三が、疑いの声を吐くのを無視しながら、光秀は炎を上げる寺へと馬を進める。兵を押し退け、駆ける。

逃がさない。

その一心で馬を進める。

肘の傷は深いようである。かたわらに立つ乱丸が、槍を投げ捨て主の背に手をかけた。

「待てっ」

声が届く訳もない。

境内を埋めつくす兵たちが邪魔して、なかなか馬を前に進めることができず、苛立ちだけが募る。

「お持ちくだされ殿っ！」

背後から追ってくる利三の声を聞き流し、光秀は馬を走らせる。

いまや本能寺は完全に火の海に飲み込まれようとしていた。

信長の姿が払暁のなか、炎を背に受け煌々と照らされている。

笑っていた。

楽しそうに笑いながら、信長が眼下の兵たちになにやら吠えたようである。負け惜しみでも言ったように見えた。なにを言ったのか、光秀は無性に気になった。

背に触れた乱丸に押されるようにして、信長が炎の中へ足を踏み入れる。

その刹那。

「御館様……」

馬上の光秀と信長の視線が束の間。

交錯した。

信長が己を知覚したかどうか確証はなかった。だが光秀は、信長は己を見たのだと明確に自覚している。

最期。

何故だかそう思った。

あれほど信長の生への執着を誰よりも信じ、事ここに至ってもなお、この寺からの脱出を試みていると信じて疑わない光秀であったが、最後に己を見た信長の瞳には、微かな諦めの色が宿っていたのを刹那のなかでも見逃さなかった。

「在り得ぬ」

信長が消えた炎に太刀の切っ先をむけながら、光秀はうわ言のようにつぶやいた。

あの男が、己のような者に討たれるなど、在り得ない。

心が。

千々に裂ける。

天下人などという俗人に成り下がった信長を討つために、光秀はこの地に立っているのだ。しかし、凡人である己などに信長は決して討たれはしないと心の奥底で信じている自分を光秀は見付けてしまった。

では。

光秀はいったいなにを求めてこの地にいるのか。兵を焚き付け、主を襲わせているのは何故なのか。

試しているのは己の運なのか。

それとも主の運なのか。

己は信長を殺したいのか。

それとも己が殺されたいのか。

わからない。

ただ。

光秀の目の前で、主を飲み込んだ本能寺は炎に包まれ今にも崩れ落ちようとしている。

「利三っ、利三っ！」

背後に従っているであろう重臣の名を叫んだ。

「ここに」

「信長をっ！　信長を逃がすなっ！」

「皆、心得ておりまする。御覧くださりませ。兵どもが己が命も顧みず、信長の首を求め、ああして寺の中へと入っておりまする」

利三の言葉通り、明智の旗印を背負った男たちが、次から次へと炎のなかへと駆けてゆく。

己は彼等になにを願うのか。

信長の首を取れ。

それとも。

主を。

助けてくれ。

「御館様ぁ」

主の心を悟ったのか、いつの間にか馬は足を止めていた。あれほど強硬に抵抗していた足軽衆の姿も消えている。大方の者は主を守るために死に、残った者は主を追って炎のなかに身を投げたのであろう。

頬が熱い。寺を燃やす炎の熱ではないらしいと気付き、光秀は瞬きをした。それと同時に、下瞼から涙が流れ落ちた。その時になってはじめて、光秀は己が泣いていたことを知った。

信長は死ぬ。

何故だかはっきりとそう思った。もちろん確証などどこにもない。主であるという証のある骸か首でも出ない限り、その死は確かめられようはずもない。

「利三」

「は」

この戦が始まってから、常に間近にあった腹心が、穏やかな声を背後から投げる。その姿を見ずに、炎に包まれ今にも崩れ落ちそうになっている瓦屋根を眺めながら、光秀はゆるやかに口を開く。

「御館様が死ぬ」

もはや、憚ることもないと思い、信長のことを悪びれもせず御館様と呼んだ。そんな主を咎めるでもなく、利三は静やかな口調で応える。

「いまだ、信長の首を取ったという報せはござりませぬ。断言するは早計であるかと存じまする」

あぁ……。

光秀は悟った。

「御館様はもう死んでおる」

天を見上げる。

「すでにこの世にはおられぬ」

みずからの言葉が耳に届き、心に染み入る。

織田信長は死んだ。

いや。

戻ったのだ。

神の世。

天魔の住まう地へ。

「御館様ではございませぬ。信長にございます」

「そのようなことは」

「どうでも良くはございませぬ」

光秀の言葉を遮るようにして、利三が言った。陣羽織をつかまれ、引っ張られたのだと気付いた時には、乱暴に躰が揺れ、頭を無理矢理動かされる。視界の真ん中に、利三の顔があった。殺気立った顔に穿たれた腹心の瞳には、主を律する鮮烈な輝きが満ちていた。

「信長はここで死ぬのです。もはや天下人ではござりませぬ」

殿、と重い声で言ってから、利三が陣羽織を乱暴に左右に揺する。

「信長を殺したということは、殿があの男に成り代わるということ。これより後は殿こそが天下人にござります」

「儂が」

信長に成り代わる。

「そのためにも、信忠を討たねばなりませぬ。物見の報せによれば、妙覚寺を出た信忠は、父の後詰を諦め、二条御所に籠ったとのこと」

だからどうした。

光秀は利三の言葉がまったく理解できずにいる。

信長を討つために京に来た。

そして主は死んだ。

これ以上、なにを望むというのか。天命は光秀に味方したのだ。天魔であった信長が、凡人である己に討たれたのだ。それ以上、いったい何を望めば良いというのか。

「殿は申されたはず」

利三が声を抑えつつも、覇気に満ちた声で主を諭す。

「信長を討ち、信忠も討つと。その後、某が天下を取る御積りかと問うた際、おのずとそうなると答えられたではありませぬか。いまさら天下など望まぬなど申されまするな」

陣羽織をつかむ手が震えている。

「もはや賽は投げられたのです。我等は主殺しの謀反人にござりまする。殿はもう後戻りは出来ぬのですぞ。このまま黙して桔梗の旗の元に集った某等も同じ。我等は主殺しの謀反人にござりまする。このまま黙して討手の到来を待つ御積りか。そうして我等を見殺しになされまするか。信長を殺すという大望を果たし、殿は満足なされておられるやもしれませぬが、黙して従った我等は、このようなところで殿を死なせる訳にはまいりませぬ。良いですか」

利三が陣羽織をつかんだ腕を引く。馬上で主従の顔が触れるほどに近付く。

「信長のことは御忘れになられませ。首が取れようが取れまいが、そはすでに過ぎたこと。奴が死んだは必定。この地は兵に任せ、我等はこのまま二条御所へと攻め込みましょうぞ」

「利三」

「殿」

兜の眉庇が触れ合う。利三の熱い呼気が、夢現の最中にあった光秀の心を、じんわりと溶かしてゆく。

「殿こそが天下人」

「儂が」

「そのための此度の戦にござります。一刻も早く信忠を討ち、帝や公家の混乱を収め、都を手に入れるのです」

陣羽織をつかむ手をにぎり、力を込める。

「放せ」

言いながら、腹心の手を無理矢理解く。そのまま利三の胸に腕を伸ばし、思い切り突き放す。

本能寺に目をやる。

すでに方々の屋根が崩れ落ち、炎も勢いを無くしていた。白色に輝いていた火は黄や橙に姿を変え、炭と化した柱を残し次第に色を失ってゆく。

寺を駆けまわっているのは、味方の兵ばかり。どうやらまだ、信長の骸は見つからないらしい。

死んでいる。

根拠なき確証であった。

利三の言う通り、もはや信長は昔へと過ぎ去った。どれだけ光秀が想うたところで、いまさら戻ってくる訳もない。

天下人。

それは光秀にとって俗人の象徴であった。義昭。そして信長も。己を天下人であると知覚すると、人はたちまちそれまでの輝きを失う。

「そうか……」

なんとなく腑に落ちた。

信長を討つという望みを果たした光秀の心を覆っていたのは、清々しいまでの虚無であった。どれだけ利三に天下人であれと諭されようと、信忠を討ち都を制するのだと急かされようと、心が付いてゆかない。

大望を果たした後、己はいったいなにを求めれば良いのだろうか。

その答えが出ないのだ。

「御館様の心の裡が今頃になって解り申した」

崩れ落ちる本能寺へと語りかける。

「敵がおらぬ。もはや我が身を憂うような戦はない。そう思われた時、御館様は虚ろになられたのでしょう」

信長は戦を求めたのだ。命を磨り減らすようなぎりぎりの戦を。天下が目前まで迫り、みずからが先陣を切らずとも、家臣たちが命を削り戦ってくれるようになったことで、信長は倦（う）んだのだ。信長は輝きを失ったのではない。戦から遠ざけられたが故に、天下人になったから俗人になったのである。

「だから御笑いになられたのですね」

炎のなかで戦う信長は、嬉々として笑っていた。まるで昔を戦っているかのごとく、若さまで取り戻しているように光秀の目には映った。

灰燼（かいじん）に帰した主の宿所を見つめながら、かたわらの腹心に声を投げる。

「利三よ」

「は」

「儂は抜け殻になってしもうた」

「殿っ！」

「わかっておる」

常からの笑みを口許に湛えたまま、光秀は肩越しに利三を見た。

「ここで終わるつもりはない」

「それでは」

力強くうなずいてやると、どんな時でも沈着さを失わない腹心の目に、希望の光がみなぎった。

「我が命、御主たちにくれてやる」

「それは」

「儂は天下を取る」

虚ろなまま。

望みを失った俗人として、光秀は天下を取る。

かつて主がそうであったように。

それが天下を担う者の宿業であるならば、光秀は甘んじてそれを受けなければならない。主を殺すという大罪に報いるには、それしか術はないのだ。

「兵たちに下知せよ。我等はこれより二条御所を攻める」

「ははっ！」

利三は声を震わせ応えると、馬首をひるがえして去ってゆく。

一人残された光秀は、火の粉舞う本能寺にふたたび目をむけた。

「御館様」

蒼天に舞い上がる火の粉に、主の面影が浮かぶ。

炎を背に受け笑っている。

「さらばでござる」

もちろん答えはなかった。

光秀はすぐさま二条御所を取り囲み、信忠を自害に追いやった。その後、信長の本拠である安土城を攻めた。

安土城は信長の家臣によって灰燼に帰す。

都の治安のため、三宅朝秀（ともひで）を所司代に任じ、みずからは坂本城に戻り、諸国に散らばる大名たちに対し、信長親子を討ったことを宣言。みずからへ賛同するよう味方を募った。

いち早く畿内を制することで、光秀に異を唱える織田家の臣たちの反転攻勢を乗り切る。

間違いなく光秀は天下人としての軍略を築こうとしていた。

しかし。

それを許さぬ男がいた。

光秀の誤算は、その男の尋常ならざる素早さであった。

信長に禿鼠と仇名され、同輩たちから猿と呼ばれた男の獣じみた素早さで繰り出された刃が、己の首へ刻一刻と迫っているのを、坂本城で軍略を練る光秀は知らない。

新たな戦は、すぐそこまで迫ってきていた。


《戦百景　山崎の戦い》に続く。

○主な参考文献

『現代語訳　信長公記』　太田牛一著　中川太古訳　新人物文庫刊
『完訳フロイス日本史1』　ルイス・フロイス著　松田毅一　川崎桃太訳　中央公論新社刊
『完訳フロイス日本史2』　ルイス・フロイス著　松田毅一　川崎桃太訳　中央公論新社刊
『完訳フロイス日本史3』　ルイス・フロイス著　松田毅一　川崎桃太訳　中央公論新社刊
『信長の戦争　「信長公記」に見る戦国軍事学』　藤本正行著　講談社学術文庫刊
『明智光秀　織田政権の司令塔』　福島克彦著　中公新書刊
『明智光秀・秀満』　小和田哲男著　ミネルヴァ書房刊
『信長を操り、見限った男　光秀――史上もっともミステリアスな武将の正体』　乃至政彦著　河出書房新社刊
『明智光秀と本能寺の変』　小和田哲男著　ＰＨＰ文庫刊
『明智光秀の原像』　窪寺伸浩著　あさ出版刊

本書は文庫書下ろし作品です。

|著者|矢野 隆　1976年福岡県生まれ。2008年『蛇衆』で第21回小説すばる新人賞を受賞。その後、『無頼無頼ッ！』『兇』『勝負！』など、ニューウェーブ時代小説と呼ばれる作品を手がける。また、『戦国BASARA3　伊達政宗の章』『NARUTO－ナルト－　シカマル新伝』といった、ゲームやコミックのノベライズ作品も執筆して注目される。'21年から始まった「戦百景」シリーズ（本書を含む）は、第4回細谷正充賞を受賞するなど高い評価を得ている。また'22年に『琉球建国記』で第11回日本歴史時代作家協会賞作品賞を受賞。他の著書に『清正を破った男』『生きる故』『我が名は秀秋』『戦始末』『鬼神』『山よ奔れ』『大ぼら吹きの城』『朝嵐』『至誠の残滓』『源匣記　獲生伝』『とんちき　耕書堂青春譜』『さみだれ』『戦神の裔』などがある。

戦百景　本能寺の変

矢野 隆

© Takashi Yano 2022

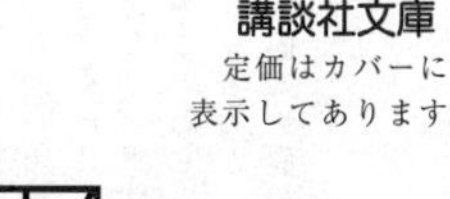

定価はカバーに
表示してあります

2022年11月15日第1刷発行

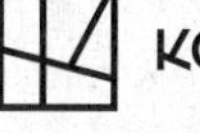

発行者──鈴木章一
発行所──株式会社　講談社
東京都文京区音羽2-12-21　〒112-8001
電話　出版（03）5395-3510
　　　販売（03）5395-5817
　　　業務（03）5395-3615

Printed in Japan

デザイン─菊地信義
本文データ制作─講談社デジタル製作
印刷───株式会社KPSプロダクツ
製本───株式会社国宝社

落丁本・乱丁本は購入書店名を明記のうえ、小社業務あてにお送りください。送料は小社負担にてお取替えします。なお、この本の内容についてのお問い合わせは講談社文庫あてにお願いいたします。

本書のコピー、スキャン、デジタル化等の無断複製は著作権法上での例外を除き禁じられています。本書を代行業者等の第三者に依頼してスキャンやデジタル化することはたとえ個人や家庭内の利用でも著作権法違反です。

ISBN978-4-06-529855-8

講談社文庫刊行の辞

二十一世紀の到来を目睫に望みながら、われわれはいま、人類史上かつて例を見ない巨大な転換期をむかえようとしている。

世界も、日本も、激動の予兆に対する期待とおののきを内に蔵して、未知の時代に歩み入ろうとしている。このときにあたり、創業の人野間清治の「ナショナル・エデュケイター」への志を現代に甦らせようと意図して、われわれはここに古今の文芸作品はいうまでもなく、ひろく人文・社会・自然の諸科学から東西の名著を網羅する、新しい綜合文庫の発刊を決意した。

激動の転換期はまた断絶の時代である。われわれは戦後二十五年間の出版文化のありかたへの深い反省をこめて、この断絶の時代にあえて人間的な持続を求めようとする。いたずらに浮薄な商業主義のあだ花を追い求めることなく、長期にわたって良書に生命をあたえようとつとめるところにしか、今後の出版文化の真の繁栄はあり得ないと信じるからである。

同時にわれわれはこの綜合文庫の刊行を通じて、人文・社会・自然の諸科学が、結局人間の学にほかならないことを立証しようと願っている。かつて知識とは、「汝自身を知る」ことにつきていた。現代社会の瑣末な情報の氾濫のなかから、力強い知識の源泉を掘り起し、技術文明のただなかに、生きた人間の姿を復活させること。それこそわれわれの切なる希求である。

われわれは権威に盲従せず、俗流に媚びることなく、渾然一体となって日本の「草の根」をかたちづくる若く新しい世代の人々に、心をこめてこの新しい綜合文庫をおくり届けたい。それは知識の泉であるとともに感受性のふるさとであり、もっとも有機的に組織され、社会に開かれた万人のための大学をめざしている。大方の支援と協力を衷心より切望してやまない。

一九七一年七月

野間省一